NARRADORES CONTEMPORÁNEOS

JOAQUÍN MORTIZ · MÉXICO

JULIETA GARCÍA GONZÁLEZ

Vapor

COLECCIÓN: Narradores contemporáneos / Serie del Volador

Portada: Manuel Monroy
Diseño de colección: Marco Xolio / lumbre
Fotografía del autor: Raúl González

© 2004, Julieta García González
Derechos reservados
© 2004, Editorial Joaquín Mortiz, S.A. de C.V.
Editorial Planeta Mexicana, S.A. de C.V.
Avenida Insurgentes Sur núm. 1898, piso 11
Colonia Florida, 01030 México, D.F.

Primera edición: febrero del 2004
ISBN: 968-27-0957-1

Ninguna parte de esta publicación, incluido el diseño de la cubierta, puede ser reproducida, almacenada o transmitida en manera alguna ni por ningún medio, sin permiso previo del editor.

www.editorialplaneta.com.mx

I

EL SEÑOR CALDERÓN despertaba una terrible envidia en la mayor parte de los hombres de su edad, un deseo contenido en las mujeres y una oleada general de incredulidad. Tenía cabellos plateados sobre las sienes, algunas canas en el tupido vello del pecho, manos no muy grandes y una franca obsesión —culpable de los grandes cambios en su vida— por la limpieza y el orden.

Ciertamente, el pelo le escaseaba en algún punto de la coronilla y el borde liso de sus uñas limpias resultaba sospechoso. También podían parecer extraños sus desvelos por estar presentable en todo momento, como a la espera de algún acontecimiento; pero era un hombre cortés y amable. Su voz era grave, profunda, y él la forzaba un poco para que sus palabras tuvieran el sabor de las admoniciones o, cuando menos, el de las grandes verdades. Solía mirar con enorme atención a sus interlocutores.

Gozaba del síntoma que define a la gente sana y feliz: su risa era contagiosa, divertida, impecable. Se vestía con estilo contemporáneo y conservador; rigurosamente a la moda. Su porte agraciado, juvenil a pesar de sus cuarenta y tantos, era un poderoso imán para las mujeres.

El señor Calderón asistía, por fórmula y convicción, a un club deportivo. Concebido como un pequeño universo para los ricos y los poderosos, el lugar ofrecía algo más que un simple retiro para bañarse, nadar un rato o sudar haciendo pesas. Era un edificio sólido, un cubo de cuatro niveles, ventanales amplios y acabados de primera. A los pies del edificio se extendían con magnificencia las instalaciones. Entre otros prodigios: tres albercas de distinto tamaño con trampolines elásticos; un chapoteadero; un solario donde crecían aves del paraíso, bromelias y pensamientos bordeado por un arroyo artificial; jardines japoneses que miraban al norte; un camino de grava para conducir a los tenistas hacia las canchas; un pequeño bosque de sauces, eucaliptos y olmos.

Se había destinado un recinto especial, con equipo de primera, para cada una de las actividades que no se realizaban al aire libre. Había un gimnasio, por supuesto, y los instructores padecían con una sonrisa el olor ácido de la licra empapada en sudor, las pláticas incesantes sobre acciones y valores, y cuerpos incongruentes, desproporcionados, sometidos al rigor de las pesas.

El plan incluía: una tienda (muy cara) de golosinas y artículos deportivos, un billar, mesas de dominó, un bar, un restaurante, una cafetería, una fuente de cantera rosa veteada por caca de palomas y un área para niños con columpios, resbaladillas, túneles y areneros. La membresía en ese club garantizaba la entrada a todas las clases: macramé; pintura de figuritas de migajón; danzas polinesias y hawaianas (que eran impartidas por una costeña nacional de ojos rasgados), ejercicios acuáticos, artes marciales, esgrima y los deportes que involucraran pelotas, raquetas o redes.

En este ambiente, el señor Calderón se sentía contento

y protegido, sobre todo en los baños. Ahí, en la planta alta del edificio, con una vista excepcional hacia la zona más arbolada de la ciudad, se sentía a sus anchas. Podía darse una ducha rápida en una regadera a presión o sumergirse en un *jacuzzi* y relajarse con las burbujas surgidas del centro de la tina; podía acostarse en una de las mesas de mosaico y loseta para recibir un masaje rejuvenecedor o entrar al sauna a cocinarse con el humo que desprendían las maderas de importación. Podía —y esto lo mataba del gusto— sentarse en el baño de vapor muy temprano y sentir cómo se abrían todos los poros de su cuerpo, las toxinas lo abandonaban y su alma descansaba.

Su pasión por el vapor lo impulsó a apoyar la ampliación del horario de servicio del club. Quería un tiempo ilimitado de goce entre volutas blancas y mosaicos lacrimosos. Un grupo de señores de edad —con quienes compartía el gusto por los baños al alba y que deseaban aprovechar el día, disfrutar relajándose y no perder el tiempo dedicado a los negocios en enjabonarse— se dirigió al Consejo Directivo para demandar un horario espartano de servicio. Pagaban lo suficiente como para exigir (y tenían poder y alcurnia), así que el asunto se resolvió rápida y elegantemente. El señor Calderón tuvo desde entonces la dicha de atravesar el umbral del vapor y sentir su benéfico contacto al cuarto para las seis.

***

Para Gracia la expiación llegaba con el sudor. Creía que la constancia en ese poyo —su cabeza recostada contra la pared, el pelo chorreando— la salvaría de ser ella misma. Le gustaba acomodar su enorme trasero en la banca cercana a la regadera: la brisa del agua a presión la reconfortaba. Su corpulencia no pasaba inadvertida, incluso sobresalía; pero era un lugar de finísimas personas, educadas para contener su opinión en presencia de desconocidas. Algunas mujeres, acostumbradas a las pálidas carnes que Gracia dejaba colgar flojas sobre los mosaicos, la miraban con indiferencia.

El médico le había advertido en más de una ocasión que no debía excederse en el vapor, que no debía pasar de los diez minutos. Su enormidad era una invitación constante para las enfermedades serias. "Los riesgos para su salud se incrementan con el calor y la humedad", fue la sentencia. Pero ella vivía el hechizo del vapor y sus efectos en los humanos. Miraba a las jóvenes atléticas, las mujeres maduras y bien conservadas, las niñas que se colaban envueltas en grandes toallas —estaba prohibida la entrada a las menores de quince años— y sopesaba el poder de los vahos cálidos sobre los cuerpos. Dejaba pasar el tiempo, embelesada ante las figuras caprichosas formadas en el aire a la menor provocación —bastaba el rápido girar de la puerta, un cambio en la gradación del calor—, absorta frente a espirales que hacían desaparecer a las demás visitantes del baño.

Era consciente de sí misma, de su frágil cara de nariz respingada, de sus ojos oscuros —intensos y enormes—, de su gordura tremenda: colosal: magnífica. Gracia no estaba molesta con su tamaño, pero tanta había sido la presión a su alrededor, que a veces fantaseaba con ser esbelta, espigada, una mujer tan delgada que diera la impresión de romperse al menor movimiento.

Pasaba la vida entre médicos y clínicas cosméticas. Por recomendación de otros (las súplicas angustiadas de su padre, la cara compungida de su madre y el gesto desaprobatorio de su médico), trataba sin convicción de restarse materia. Intentaba sólo recetas de inutilidad probada, terapia de aromas a cristales poderosos o malteadas de salvado: nada funcionaba. Sus esfuerzos por adelgazar la confundían y estresaban. Era una batalla contra sí misma. Detestaba todo lo que rodeaba esa necesidad por volverse otra, menos el baño de vapor. Lo había convertido en su recinto, un refugio personal. No lo relacionaba con el consultorio del nutriólogo, la báscula o las flexiones impuestas por su entrenador personal. Era algo diferente.

Estaba el espejo, por ejemplo. Enorme, de pared a pared, protegido por una capa especial que impedía el empañamiento (al menos, permitía que los reflejos fueran más que sombras elementales). Frente a él, podía verse los pechos enormes, pesados, de una piel increíblemente blanca, tachonados de estrías y venas azuladas. Le gustaba levantar los brazos para que se sacudieran ligeramente y así sentir el golpeteo de sus pezones contra las costillas. También disfrutaba verse dando pequeños saltos. Sus carnes bamboleantes le proporcionaban una extraña felicidad. A veces sólo se detenía ahí, ante la superficie perlada, para contemplar cómo caía en mechones espesos y largos su cabello negro. Así atendía al silencioso aleteo de su pecho; una palpitación que la ponía nerviosa y deseaba aplacar: una búsqueda que llevaba años gestándose.

Absorta ante su imagen, Gracia veía aparecer al hombre de sus sueños y lo nombraba. Tal vez no fuera otro que el muchacho de nariz respingada y acné incipiente que había subido las escaleras a su lado, sin dirigirle la palabra. O un padre rubio y joven que, unos días atrás, perseguía por el solario a sus hijos. Eran rostros y cuerpos desconocidos para nombres existentes: Louis, Iván, Noel. Armaba un rompecabezas, ensamblaba las piezas que le proporcionaban sus voraces —y baratas— lecturas románticas y las visitas al club deportivo. La combinación era irresistible y se entregaba a ella con pasión.

Pero debía ser cuidadosa; sabía (y si bien no tenía la certeza, sí una fuerte intuición al respecto) que las mujeres en los baños de vapor no aprobarían ese idilio suyo con el espejo. Si se daban cuenta —de eso, de cómo se miraba, de cómo se atrevía a tocarse— se armaría un pequeño escándalo que no le interesaba. Prefería la discreción. Se bañaba frotándose concienzudamente y aprovechaba para deslizar, de cuando en cuando, una mano bajo el pubis. Por eso le resultó una bendición que el horario se recorriera. Habría preferido un horario prolongado hacia la noche, porque disfrutaba holgazaneando en su cama hasta que el olor del desayuno la obligaba a levantarse, pero bajo el nuevo esquema sacaba beneficios de la incomodidad: ninguna de las damas con crepé en el pelo teñido se animaría a entrar a esa hora; tampoco las jóvenes atléticas y mimadas que se abotagaban de sueño.

***

Estaba, además, la señora de Calderón. Más joven que su marido, delgada y firme a sus cuarenta y algo, era el prototipo de belleza madura que aparece en las revistas anunciando cremas de noche. Hacía ejercicio a diario, en las mañanas y en las tardes, y gastaba buena parte del dinero de su esposo en un centro de cosmética: los masajes y las pomadas ocupaban su día.

Tenía los ojos grandes, almendrados, y una atractiva expresión vivaz. Refinada y elegante, actuaba conforme a los manuales de buenas costumbres: pierna cruzada, cuello erguido, boca cerrada a la hora de masticar y ni un comentario de más. Era el paradigma de lo femenino sobre tacones afilados: le llovían elogios. Solía tomar de la mano al señor Calderón cuando iban a alguna reunión, los dedos entrelazados en un gesto cálido y efusivo. En las tertulias él la atendía solícito, ella respondía acariciándole la cabeza de vez en cuando. En un rincón más o menos oculto de su casa —de moderno y cosmopolita buen gusto— colgaba una galería de afectos representados en distintos escenarios: besos bajo el mar azul, abrazos ante la Torre Eiffel, sonrisas con un coco en la mano y el pelo desordenado por la brisa marina. No despertaban sospechas. Nadie especulaba acerca de su relación, no había nada que decir. Verlos juntos era concluir que llevaban una vida marital saludable y buena. Pero al dejar el club deportivo o la lunada, la farsa terminaba. No había insultos o puertas azotadas, tan sólo un doloroso aburrimiento.

Al señor Calderón le resultaba absolutamente imposible tener una erección en presencia de su mujer. Las últimas ocasiones en que había logrado penetrarla —hacía ya varios años—, el desdén casi poético de ella (lánguida, con los ojos abiertos fijos en el techo y un mohín en los labios) lo había mandado al baño a resolver las cosas de otro modo.

Él recurría con regularidad a ciertas revistas guardadas bajo llave. Las planas manchadas y arrugadas, sin embargo, no lo atraían desde hacía tiempo. Al menos, no surtían el efecto esperado. No importaba con cuánta fijeza las contemplara, las fotografías no le restituían vigor a su virilidad.

Entre los esposos no había plática posible, no hablaban más de lo estrictamente necesario, especialmente desde que sus hijos se habían marchado a estudiar en el extranjero. Eran una pareja que cumplía sin rimbombancia el pacto tácito de la fotogenia.

***

El señor Calderón estaba en los baños de vapor pensando en su vida. Aunque encontraba placer deteniéndose en las cosas pequeñas —en el baño del perro, el sorprendente tamaño de sus hijos (que estaban altísimos, hacía seis meses que no los veía, pero la última vez se había quedado sorprendido por su estatura), la prosperidad incuestionable de su negocio de alfombras y persianas—, no encontraba consuelo al revisar su itinerario emocional. Sobre todo si, como entonces, pensaba en sexo. O en su mujer. No creía haberla amado nunca. No recordaba haber sentido nada parecido al amor. Se había sentido atraído por su cuerpo un tiempo no muy largo, pero el deseo había cedido a la conveniencia: para un hombre como él, Beatriz era la esposa perfecta.

La relación con su mujer dentro de los límites del hogar, por su fijación en los detalles, había sido tensa desde el principio. El ejército de sirvientas a disposición de los Calderón no disminuyó los roces. A él, una viruta, una mínima mancha, el menor de los resquicios sin despolvar amenazaban con provocarle una úlcera. Así que cuando empezó a mostrar cada vez menor interés en su vida de pareja y utilizó a Beatriz como lujosa dama de compañía, ella no pudo más que demostrarle agradecimiento.

En esto pensaba el señor Calderón, mirándose las uñas perfectamente recortadas y sintiendo en su cuerpo los beneficios del vapor, cuando levantó la cabeza para mirar el baño reflejado en el enorme espejo. Ahí, en la columna de contención que dividía al espejo en dos, encontró una mancha sospechosa. Se acercó y descubrió con angustia que era un agujero. Metió un dedo en el orificio y se sintió inmediatamente ofendido: era mucho más que un sencillo agujero, era un hoyo profundo. Él habría esperado una construcción espesa y maciza, sin errores elementales como aquél; pero, al parecer, alguien había olvidado tapar el hoyo por el que se habían introducido tubos o cables. Volvió a meter el dedo para comprobar la profundidad, aquello podía ser tan sólo una mala impresión. Su dedo se hundió en el vacío. Inclinó el cuerpo para mirar a través del orificio y lo que vio lo dejó frío: frente a él, completamente desnuda y mojada, una masa de carne inmensa se movía bruscamente en una danza obscena.

Sintió un temeroso rechazo, como el de quien se descubre en falta frente a lo sagrado. Retiró la cara del orificio y se apresuró a sentarse en un poyo al otro lado del cuarto. Volvió a ponerse en pie de inmediato. Esta vez miró creyendo que sabía lo que iba a ver, pero la escena lo hizo tambalearse. Sobre el mosaico húmedo, a gatas, con el larguísimo cabello cubriéndole el rostro, la mujer se movía rítmicamente en un sabroso balanceo: penetraba su cuerpo con una manguera de goma.

El señor Calderón cerró los ojos e invocó una de las plegarias infantiles que repetía cuando algo amenazaba la estabilidad de su mundo; no alcanzó a rezar porque notó el roce duro y tibio del mosaico contra su piel. Sorprendido, bajó la mirada y se contempló: por primera vez en mucho tiempo tenía una erección completa, normal, sólida.

Estuvo bajo el chorro frío de la regadera a presión durante un buen rato, con el cuerpo volteado hacia la pared. Cuando el agua aclaró su mente y calmó su carne, decidió abandonar el club y dirigirse a su trabajo; deseó estar a salvo, detrás de su escritorio.

La mullida alfombra de su oficina no le sirvió de consuelo. Distraído, atendió a sus clientes, los despachó, bebió un par de tazas de café descafeinado, sin azúcar, y sufrió un ligero ataque de diarrea. Llegó a su casa a tiempo para descubrir a su mujer con un nuevo corte de pelo y algún tratamiento facial que la convertía en una extraña de inusual palidez. De alguna manera, y por primera vez en mucho tiempo, la vio guapa. Deseó tocarle los pechos, tomarlos y acariciarlos. Caminó hacia ella y la saludó cariñosamente. Acercó con torpeza su mano a los pliegues de la blusa; ella lo rechazó con brusquedad, se encerró en su cuarto y gritó desde ahí un par de insultos. El señor Calderón sintió a la vez deseos de irse a la cama con su mujer y un sutil asco que le habría impedido cualquier movimiento. Se tiró en el sofá de su estudio y se durmió.

Al día siguiente no se levantó temprano para ir al club. Como si sus músculos fueran de pasta, sus brazos esa mañana no respondieron correctamente ni siquiera a la sencilla tarea de conducir un coche automático. El cuerpo de la mujer del club aparecía como la visión de un mundo de fantasía: un truco de su imaginación superponía el rostro de su esposa al cuerpo de la gorda. A esa imagen se veía haciéndole el amor infinitas veces.

Al mediodía, después de unas horas de distraído trabajo, decidió irse a casa y no volver a la oficina. Subió a su auto y lo echó a andar. En un semáforo sacó de la guantera un álbum fotográfico en miniatura donde había colocado en estricto orden cronológico algunas fotos de sus dos hijos, de Beatriz y de su perro. Revisó detenidamente una de las fotografías de su mujer y verificó, con sorpresa, que no le atraía. Sus rasgos eran armoniosos y elegantes, con cierta sensualidad; pero no. ¿Por qué habría pensado en esa cara mientras soñaba con penetrar a la gorda? Entonces recordó que no había mirado la cara de la mujer del baño. Su rostro, cubierto por la maraña de pelo negro, permanecía como un misterio. Un vago temor ante la escena le llenó el pecho, pero lo asustó aún más encontrarse con el coche enfilando hacia el club, como si la dirección hidráulica tuviera voluntad propia.

Sentado en un poyo del vapor, con dos o tres hombres sudorosos y de barrigas prominentes a su lado, el señor Calderón sintió que su vida no valía nada.

***

No era la primera vez, ni la segunda, ni siquiera la décima. Desde que habían recorrido el horario del vapor, Gracia lo había convertido en un salón ritual, el lugar donde ejercitaba sus rutinas de placer. No sólo por el voluptuoso gusto de sudar y la fantasía de perder toxinas y sobrepeso, sino por el goce sensual de encontrarse a solas en esa inmensa habitación. El descubrimiento de la endeble manguera de goma, elástica y blanda —dispuesta para que las mujeres mojaran, con un escaso chorro, los asientos calientes y no se quemaran el trasero—, le permitió hacer sus juegos más reales. Penetrarse con la manguera le daba placer y contento, entre otras cosas, porque le divertía pensar en las señoras estiradas y apretadas, las mojigatas en camisón, que la usarían tarde o temprano para refrescarse el rostro.

Con esas penetraciones poco ortodoxas alcanzaba la perfección de un ejercicio que había iniciado en la adolescencia: la relación exclusiva e intensa con los objetos a su alcance y, en última instancia, con los productos de su imaginación. En torno a sí había cerrado un círculo de límites muy definidos que encajaban, a veces literalmente, con los de su piel. Este juego la hacía reír, moverse a sus anchas, ponerse creativa. Los Carlo y Stefano y Julián y Roberto de las novelas de amor que devoraba, habitaban, como el deseo, dentro de su propio cuerpo. En el baño de vapor se encarnaban bajo sus pechos y entre sus piernas, se materializaban en la manguera, en las gotas saltarinas o en el reflejo desvaído y lacrimoso devuelto por el espejo.

La manguera no le servía únicamente para ocupar sus orificios; si ejercía presión sobre el chorro —apretando su dedo pulgar sobre la boca elástica de la manguera— y dirigía el agua al clítoris, se proporcionaba una sensación que ni el más alocado esfuerzo de sus dedos podía igualar.

Todos los rincones del vapor le pertenecían de alguna manera especial. Podía untar sus carnes en el espejo, meterse un dedo y observar cómo abundantes líquidos fluían por su entrepierna, apretarse los pechos hasta enrojecerlos, darle besos en la boca a su propia imagen y regodearse con variadas formas de masturbación. Sus prolongados orgasmos sobre las baldosas de los poyos la hacían reír; finalmente, las señoras y señoritas que entraban al baño de vapor se sentarían, sin saberlo, sobre la humedad de sus secreciones. En el colmo de su delirio, se tiraba al piso, rodaba por él y dejaba que los mosaicos apretujaran su cuerpo.

Desarrolló una aguda sensibilidad, advertía la amenaza de otra presencia. Ninguna visitante del baño la vio hacerse lo que se hacía en las madrugadas. Probablemente la primera intrusa levantara una ceja ante su pecho jadeante, sus mejillas arreboladas y su semblante desarreglado, pero nada más. Naturalmente recibió miradas torcidas, pero su sonrisa —y su desnuda inmensidad— bastaban para cohibirlas o desviarlas.

***

Intentó, sin lograrlo, convencerse de que todo había sido una ilusión, un invento de su imaginación, un recurso de su agotada potencia sexual por alcanzar la recuperación, pero la imagen de la mujer era tan clara, tan *real*, que no tuvo más remedio que aceptar su existencia. Lo sorprendieron un par de poluciones nocturnas y un recurrente pensamiento lúbrico. Finalmente, ante el rechazo total de su mujer y su propia falta de ganas para reiniciar con ella una relación erótica, optó por saciar parte de sus ansias en el club.

Decidió llegar antes del alba, cuando el velador se retiraba y llegaba el policía del turno matutino. Esperó en la entrada mientras observaba las estrellas, recargado contra la pared en la que se había inscrito en letras bronceadas el nombre del club. Sintió pánico con la proximidad de unos faros encendidos. Se encontró repentinamente haciéndose preguntas adolescentes: ¿Y si ella venía caminando y se topaba con él a la entrada?, ¿y si lo saludaba?, ¿y si no lo saludaba? Agitó los brazos, intentando llamar la atención del policía de vigilancia para que se apresurara a abrir las puertas al público. El guardia quitó los cerrojos y dobló las hojas de vidrio de par en par, contra toda norma de seguridad. Dentro, el señor Calderón caminó deprisa. Entonces un saludo varonil lo hizo voltear. Guillén, un viejo conocido, le extendía amigablemente la mano.

Ya en el vapor, con una breve toalla anudada en la cintura, Calderón sintió ganas de llorar. Guillén no dejaba de hablar y moverse mientras la gorda, seguramente, ya comenzaba su danza prehistórica al otro lado de la pared.

Afortunadamente Guillén tenía prisa y se despidió con amabilidad. Una vez a solas, Calderón se levantó a mirar a través del orificio. Ahí estaba ella sentada en el piso, las inmensas piernas separadas y la vulva expuesta. Una de sus manos detenía los labios abiertos, húmedos y amoratados, mientras la otra se afanaba dentro y fuera de la ranura. (Casi llegaban al otro baño las vibraciones del gozo.) De pronto ella se incorporó, dio la espalda al espejo y se dirigió meneando las nalgas cuajadas de celulitis y estrías hacia la regadera a presión. Se metió bajo el chorro y permaneció ahí unos segundos; alguien más entraba al baño.

Era una mujer que al señor Calderón no le resultó familiar en un principio, pero terminó identificándola como la esposa de un amigo suyo. Jamás había pensado en su fealdad, pero verla en chanclos de hule, con la cara despintada y las tetas, de pezones tintos, colgadas y desinfladas, lo espantó de veras. Desvió la mirada y la posó sobre la monumental figura que ahora se sentaba en el poyo justo frente al espejo. No podía verle la cara: estaba inclinada, tallándose a conciencia con una esponja de mar. Notó, sin embargo, sus pechos rosados y redondos y se sintió reconfortado.

De repente, en un gesto gracioso y sensual, la gorda echó hacia atrás la cabeza para retirarse el pelo de la cara. Era una cara que al señor Calderón le pareció hermosa. Los grandes ojos oscuros, de pestañas muy espesas y largas, miraban divertidos a la mujer de carnes magras sentada a su lado. Tenía labios gruesos y dientes grandes, nariz recta y piel lisa. Él sintió la necesidad de masturbarse ahí mismo, pero un golpe seco a sus espaldas lo aturdió y dejó en el desconcierto. ¿Qué debía hacer? ¿Voltear y saludar, como si nada, a quien hubiera entrado, deteniendo frente a sí la toalla con ambas manos para ocultar toda la evidencia?, ¿permanecer con la cara vuelta hacia la pared, pretendiendo inspeccionar la calidad de la construcción?

La posibilidad de un plan se desvaneció. Giró cuando el otro hombre se encontraba a su lado.

***

El médico le dijo que no debía estar tanto tiempo en el baño de vapor y fue severo con ella. Gracia tenía una deshidratación menor y una irritación no muy grave en la piel de la cara, pero lo que realmente lo preocupaba —ya un poco harto de esa paciente que no seguía sus consejos— no era eso, sino la presión, que se había alterado. A pesar de su obesidad, Gracia era una mujer de buena salud. Desde el principio, cuando su volumen había aumentado notablemente, a eso de los once años, las citas con el médico se volvieron una obligación ineludible. Su padre, un banquero, deseaba por sobre todas las cosas el bienestar de su única hija. Pero Gracia era un hueso duro de roer. No hacía caso de las indicaciones y no tomaba puntualmente las medicinas que le prescribían; jamás seguía de forma adecuada la rutina de ejercicios y parecía olvidar cuál era la dieta que tenía que hacer. Ese día, sin embargo, sintió por primera vez un dejo de preocupación. Se dio cuenta de que con la constante desaprobación de los otros, las visitas a su baño preferido estarían impregnadas de un tufillo incómodo.

Nada de vapor por un mes: la sentencia del doctor fue muy seria y Gracia sintió que el mundo se le venía abajo. Un mes encerraba cerca de seiscientos minutos calurosamente envueltos en la evaporación del agua. En seiscientos minutos podía jugar sesenta y dos punto cinco veces, aproximadamente, con la manguera dentro de ella. El médico, consciente de la alarma que había provocado en su paciente, dijo que si notaba una mejoría, le permitiría asistir una o dos veces a la semana. Gracia recogió su enorme cuerpo del consultorio y se fue a casa para encerrarse a meditar. Requeriría de fuerza interior.

***

El señor Calderón se sintió humillado, lastimado, ultrajado con la presencia del otro hombre en el vapor. Uno que se había presentado como Indurain, no muy alto y un poco calvo. En un principio trató a toda costa de evitar que Indurain supiera qué observaba a través del hoyo en la pared; pero la suspicacia hizo que el otro asomara la nariz por el orificio para ver el baño de mujeres. Se sintió decepcionado cuando su vista enfocó a una mujer menuda y laxa, de pezones oscuros y tristes, tallándose con piedra pómez los callos de los pies. Estaba a punto de soltar algún insulto cuando reparó en Gracia hecha un merengue de espuma. El señor Calderón se dio cuenta del descubrimiento de su nuevo conocido y sintió enojo.

—Quítate —le dijo en un tono nada amable, como si él fuera el único con derecho a mirar.

—Un momento —suplicó Indurain, pegándose cada vez más a la superficie tibia de la pared—, sólo quiero ver cómo termina de enjabonarse.

—¿Cuál? —preguntó angustiado el señor Calderón.
—La gorda.

***

Indurain y el señor Calderón no comentaron su descubrimiento y decidieron, por el bien de su reputación, protegerse uno al otro y quedarse callados. Se levantaban temprano y salían de su casa casi a hurtadillas, llegaban al club a esperar que la gorda —de quien no sabían nada, ni siquiera el nombre— entrara al vapor con todo su monumental peso para tallarse, restregarse, humedecerse y excitarse. Aprendieron a obviar la incomodidad ante la mutua erección, a no hacer ninguna broma o comentario al respecto; por eso, cuando Gracia dejó de asistir a los baños de vapor, miraron desconcertados las humedades del techo, perdidos.

Les pareció natural, al sentir el desamparo, verse por las tardes, beber algunas copas en distintos bares. Fueron reuniones enojosas que no quisieron repetir. El único lugar en el que se sentían a sus anchas —tal vez por el descubrimiento compartido, tal vez porque, desnudos y sudorosos, no podían pretender nada— era en los baños de vapor. Después de mucho pensarlo y de llegar al vapor desmañanados y revueltos —las dosis de somníferos administrados de madrugada eran evidentes—, a Indurain se le ocurrió la idea de introducir en el vapor una anforita, un recipiente estilizado que podía esconderse sin mucho problema en los pliegues afelpados de la toalla. Se reservaban la oportunidad de beber en silencio, a la espera de un milagro convocado.

Finalmente ella apareció de nuevo por el agujero —por cuyo dominio peleaban a empujones los dos hombres—, se acomodó en uno de los poyos y permaneció inmóvil por unos momentos, semejante a una muñeca a la que se le acaba repentinamente la cuerda. La rejilla para baño —portadora de cremas y jabones— vibraba con sus suspiros, como recordándole su presencia. Por fin decidió bañarse. Levantó las axilas y se talló suavemente con una esponja; levantó con una mano cada seno y frotó el inmenso pedazo de frágil piel con la otra, haciendo espuma. Caminó con desgana hacia la manguera y abrió la llave para enjuagarse con tedio. En cuanto el chorro del agua rozó su piel y sacudió sus pezones, se produjo en ella un cambio de actitud. Con la agilidad de los gatos o de las lagartijas cuando huyen, Gracia se puso en cuatro patas, se penetró con la manguera y agitó las caderas. Tres leves gemidos —que ellos escucharon amortiguados, que casi imaginaron— parecieron llevarla a un orgasmo que la dejó pasmada, demasiado rápido y breve. Ellos también gimieron y soltaron un grito ahogado, como si tuvieran pelusa en la garganta.

Un grito más —éste a sus espaldas, chillón y furioso— los sacó del ensueño: cuatro hombres (dos eran conocidos del señor Calderón) contemplaban la escena con expresión de escándalo. Ya había salido el sol, era un día de asueto. Y ellos dos eran víctimas de un mal cálculo. Como no supieron qué hacer se quedaron de pie, desnudos, con el cabello húmedo, la piel sudorosa y el pene erecto, ofreciendo un espectáculo lastimero.

Primero, una gran confusión hizo presa de los intrusos. Poco a poco —a veces con gritos, a veces con acusaciones y amenazas— fueron avanzando hacia el centro del cuarto, señalando a los dos culpables con el dedo. Los señores Calderón e Indurain quedaron asustados y serios, a la espera de un castigo que creían merecer cuando escucharon un eco distante y denso del otro lado del hoyo. Sin poder evitarlo torcieron el cuerpo y renovaron su lucha por acaparar el orificio. El más joven de los intrusos intentó separar los cuerpos resbalosos y trató de alejarlos del orificio. Logró, a duras penas, ya formando parte de un nudo ridículo, bloquear con una mano el paisaje carnal que esperaba del otro lado. Los otros tres jueces miraban azorados la escena, todavía confundidos por los movimientos, la desvergonzada desnudez de los culpables y las posibilidades que suponían en ese agujero. El joven cruzó los brazos, satisfecho y, de reojo, se asomó. Vio la enorme figura de Gracia del otro lado.

Una vez más, se inició una violenta lucha por dominar el agujero, pero ahora los seis hombres se abalanzaron sobre él. Las enérgicas protestas que estaban dispuestos a lanzar, los puñetazos que pensaban soltar, desaparecieron cuando el joven atrajo a uno de ellos hacia el agujero, con una palabra de invitación: mire. Y, como es natural, miró.

De esta manera se formó el club de admiradores. A sus anchas en la rimbombancia y la solemnidad, los irruptores del ritual nombraron un presidente para su *fan club*. El nombramiento recayó en el señor Calderón, que había tenido la primicia o había hecho el descubrimiento, según se quisiera ver. Él se puso un poco triste.

El vapor fue perdiendo la esencia espumosa de Gracia conforme pasaron los días. En medio de la discusión, el señor Indurain —que no había dejado de lado su anforita— fue aplaudido por llevar algo con qué celebrar la formación del *fan club*. Después de beber, decidieron turnarse para aportar a las sesiones alicientes, dulcificantes, elíxires que saturarían sus sentidos tan gratamente saludados por la gorda. Sin embargo, por temor a salir del vapor borrachos y ser descubiertos, se impuso un límite a la cantidad.

En menos de una semana el *fan club* —sus integrantes usaban el nombre en inglés, les parecía más adecuado— se constituyó con las formalidades de rigor. Se dictaron reglas: la primera y más importante era la de no hacer más público el descubrimiento; la segunda (no siempre respetada) les prohibía masturbarse directamente ahí; la tercera consistía en no hacer mucho alboroto si la gorda aparecía, y la última les prohibía asomarse al hoyo para espiar a las señoras o parientes de cualquiera de ellos.

Resultó ser un *fan club* integrado por miembros que no se hubieran imaginado nunca en una situación así y que se sorprendían por las reacciones de su propio cuerpo. Si bien cada cual tenía una aproximación distinta al fenómeno que compartían, se sentían hermanados por el deseo que la gorda les despertaba y se reunían fuera de los baños para charlar acerca de ella, de las fantasías que les inspiraba y de las ganas que tenían de prolongar ese vicio.

A veces, cuando el alcohol los tenía aturdidos, hablaban de la sorpresa que les producía la plática abierta de sus miserias sexuales (la confesión se había convertido en un recurso muy solicitado), de su romántico interés por la gorda de los baños y de su repulsión por las carnes firmes. El señor Calderón, por ejemplo, abrigaba conmovedoras esperanzas de entablar con Gracia una relación formal. Platicaba en voz alta parte de sus planes: cómo la abordaría, de qué hablarían, cómo le explicaría su pasión y cómo haría para seguir teniendo un nombre respetable después de dejar a su mujer.

***

A Gracia le sorprendió la noticia. No se esperaba ni con mucho algo semejante: su médico particular había dejado la ciudad sin previo aviso. Le costó trabajo entender por qué alguien podía dejar un lindo consultorio médico —en un edificio especializado para la consulta—, una abundante lista de pacientes y el trato privilegiado de un hombre rico para vivir en una ciudad más pequeña y con mayores complicaciones. Pero no había nada que entender. Su médico no estaba más, eso era todo. En consideración a sus pacientes, había dejado en su lugar a un joven fresco y bien dispuesto, según se decía, pero —ella sospechaba— no muy experimentado en el trato. Tal vez poco preparado.

De cualquier manera, a pesar de la reticencia de su padre, decidió ir a conocer al nuevo médico, en parte por curiosidad, en parte por flojera (la cercanía del consultorio le parecía una grata virtud) y en parte por suponer que, al no conocer a fondo su organismo, no le aplicaría tratamientos de agobio. Creyó que tardarían en llegar a las prohibiciones.

El nuevo doctor, Andrés Pereda, tenía una atractiva enfermera que hacía las veces de secretaria; la recibió ofreciéndole un café bastante cargado al que Gracia dio sólo dos tragos. La chica era delgada, de poco busto y piel lisa, tersa. A pesar de su uniforme blanco, de sus gruesas medias blancas y sus toscos zapatos con suela de goma crepé, era una chica hermosa. Gracia se molestó con su presencia. Ahí, en ese terreno alfombrado y con sillones de piel, no estaban en posibilidad de enfrentarse para que el fabulado Leonardo o algún Maurizio hicieran su elección (perdidos entre las volutas de una imaginación excesivamente lúbrica).

Cuarenta minutos después se abrió por fin la puerta del consultorio. Gracia, apenas de pie para abandonar el lugar en un franco desplante de ira, quedó muda de espanto frente a Andrés Pereda: era el hombre más guapo que había visto en su existencia.

***

Al principio las conversaciones venían después de haberla

visto. Tomaban turnos para acercarse al agujero, vigilaban también por turnos y daban tragos al ánfora por turnos. Eran profesionales de la asiduidad, pero no excesivamente atentos: la presencia de Gracia había desaparecido por completo. La distancia entre una visita y otra al vapor se había ensanchado en los últimos tiempos de forma paulatina, por eso no habían respingado; pero ahora estaban francamente preocupados porque hacía dos meses que no aparecía por ahí. Estaban acostumbrados a platicar de ella y a invocarla de una y otra forma, por lo que les costó trabajo hacerse a la idea de una deserción. La gorda no iba más, no la veían y las cosas estaban poniéndose muy feas entre ellos. Una de sus reglas de oro se había roto y algunos de los integrantes del *fan club* se habían convertido en *voyeurs* de su propia vida y observaban fascinados, atrapados por el morbo, a sus mujeres, amigas, parientes.

Era muy difícil seguir esperando sin recompensa. Deseaban que apareciera, se abriera de piernas y los hiciera parte de su juego. Como no fue así, tuvieron que sustituirla: permanecían más tiempo en el baño, a la espera de cualquier mujer que pudiera enseñarse desnuda. Alguno, en lugar de sumarse a esta nueva corriente del *club*, perdió por completo el interés por lo que sucedía del otro lado de la pared. Los únicos que siguieron firmes en su puesto fueron Indurain y Calderón, porque sabían que ella volvería a desconcertarlos con sus meneos y sus gemidos, con el tamaño sorprendente de sus tetas y la flexibilidad prodigiosa de que era capaz. Así que las reuniones, nunca especialmente ordenadas o sensatas, evolucionaron un tiempo en medio del ahogo.

En menos de una semana Calderón e Indurain se declararon incapaces de hacer frente a esa situación. Se sentaban en el vapor y lamentaban su suerte en silencio, generalmente contemplándose los pies o las uñas de los pies o nada más la curvatura de los empeines. Dejaron el orificio y abandonaron su labor de vigías junto al umbral de la puerta. Calderón pensó en no volver más al vapor, en nunca más pisar el club deportivo. Tuvo incluso el antojo de salir de la ciudad, trabajar en otro lado. Pero se limitó, con aplomo, a la depresión.

El *fan club* había comenzado a dispersarse. Sus miembros se sentían a la deriva. La sensación de haber sido parte de una alucinación colectiva se apoderó de ellos, como si hubieran navegado sobre la vaporosa corriente de una lujuria ajena. Como no habían dejado de reunirse y hablar a escondidas, fuera del baño, pronto volvieron a centrar su interés erótico en mujeres esbeltas y firmes o comunes y corrientes; casi de un día para otro fueron presa de la incomodidad y la vergüenza y perdieron el respeto por las erecciones de los otros o por su incapacidad para controlar su propia intimidad. Apenas recordaban las orgías onanistas realizadas con tanta intensidad tras las paredes de mosaico.

Un día, perdido en sus cavilaciones (el *fan club* desintegrándose, la posibilidad de ser denunciados o descubiertos como una amenaza constante), Calderón tardó en darse cuenta del revuelo generado dentro del baño de vapor. Notó al señor Indurain correr —de manera más bien patética— de un lado al otro, presa de los nervios, y supo que ella había vuelto. Se dirigió con pasos largos y rápidos al grupo de hombres desnudos que se empujaban y apretujaban contra la pared; como si de alguna manera se supusiera su autoridad sobre el agujero, se abrió una brecha entre los hombres empalmados y se le permitió la visión. Con el pelo enmarañado y el rostro arrebolado, Gracia se contemplaba, atenta, las rodillas.

***

Andrés Pereda resultó evidentemente sorprendido ante el tamaño de esa mujer. Lo impactaron también sus grandes ojos y su pelo negro e inapropiadamente largo para alguien de su peso, pero ante todo lo sorprendió su actitud. Gracia no parecía ni con mucho avergonzada de su volumen y se balanceaba con entero control sobre su persona de un lado al otro, abarcando la recepción.

Desde luego, lo primero fue ponerla a régimen dietético. Le costó la decisión de subirla a la báscula, pero una vez antepuesto a sus prejuicios, le declaró la guerra al sobrepeso de la mujer que tenía enfrente y que lo miraba azorada.

"El corazón, ese órgano del que depende todo nuestro organismo, puede quedar inutilizado si se encuentra rodeado de grasa", explicó condescendiente, "la obesidad, lo que usted padece, hace justamente eso: lo envuelve en tejido graso. Y puede tener consecuencias fatales". Gracia no se inmutó ante palabras que pocas veces escuchaba, aunque las oyera. Grasa, obesidad, gordura, no eran parte de su diccionario personal. Régimen y dieta, en cambio, sí: eran para ella una molestia. De cualquier forma, haría lo que el doctor Pereda le pidiese. Si le solicitaba que dejara de comer, lo haría con gusto. Pereda le extendió, después de tomarle el pulso y la presión, la receta de algunos medicamentos, principalmente un laxante ligero y un diurético. Con una letra de redondez sospechosa precisó, además, restricciones nuevas para Gracia: prohibió la carne roja, eliminó la posibilidad del azúcar; el horizonte completo de los quesos le fue vedado; desaparecieron, en un par de líneas, la rica gama de los productos enlatados y el complejo mundo de los licores. La puerta estaba abierta para las distintas lechugas con el simpático toque del apio.

Gracia leyó las instrucciones sin mayor sorpresa. Acostumbrada a medicinas glandulares, a tratamientos atómicos contra los males del metabolismo irregular, tan sólo sintió desconcierto por el laxante y el diurético, pero guardó silencio. Pereda la miró con atención mientras ella repasaba la lista moviendo ligeramente los labios y fingiendo no notar la mirada que se clavaba en ella. Después de terminar se despidió con una cordialidad melosa. Salió del consultorio sintiéndose una mujer nueva, casi dispuesta a la dieta.

Quiso hacer la siguiente consulta apenas un par de días después; no pudo resistir la tentación y llamó por teléfono al consultorio. Recibió la noticia de que el doctor Pereda no estaba y, sintiéndose terriblemente decepcionada, se inventó un malestar abdominal agudo que interpretó para la secretaria con convicción hasta llevarlo a la calidad de emergencia. Satisfecha, apuntó la cita: iría a la primera de la mañana. Así pudo dormir tranquila.

Llegó con diez minutos de anticipación. Había hecho de la ocasión un acontecimiento; recordaba haberse cambiado de ropa cinco veces y haberse duchado dos; a pesar de eso, sus pechos seguían intactos y ni uno solo de sus dedos se había deslizado por entre las piernas. La necesidad de aparecer guapa ante Andrés Pereda alteró su rutina. Estaba dispuesta a la concesión, sacrificaría a sus Leandro o Emilio (de besos disfrazados bajo la suavidad de la almohada) en favor del joven médico de carne y hueso.

En cuanto puso un pie dentro del consultorio, el rostro de Gracia se arrugó por un sufrimiento fingido. Debía aparentar una enfermedad, tal vez dolor debido al medicamento —a pesar de no haberse tomado las pastillas—, para que Pereda la atendiera con urgencia. Él le solicitó, con tanta amabilidad como reserva, desnudarse detrás del pequeño biombo que había cerca de la entrada: su atuendo era demasiado grueso para una inspección minuciosa. Le indicó que se pusiera encima la breve bata blanca que le extendía. "Con la abertura por atrás", dijo un poco nervioso. Como era de esperarse —o, al menos, como ella misma esperaba—, Gracia no cupo en la bata. Sus brazos entraron por las mangas, pero fue imposible de cerrar. Sus nalgas desnudas y su gran espalda quedaron sin remedio al descubierto; la vista frontal ofrecía al espectador buena parte de las caderas y la pálida amplitud de los muslos.

Cuando finalmente salió de detrás del biombo —como si estuviera cubierta apenas por una venda, como si se hubiera disfrazado con pañoletas blancas— Pereda desvió la mirada, turbado. La gordura lo desconcertaba y no pudo evitar preguntarse qué estaba haciendo él ahí. ¿Qué? Volvió los ojos hacia ella y se puso color bermellón; creyó que se apoderaba de él un profundo desagrado.

Visiblemente tenso, le pidió que se recostara boca arriba en la plancha de consulta. Ella fue toda docilidad y dolor actuado. "¿Dónde es?", preguntó él inquieto y Gracia señaló con un breve "aquí" un punto cercano al pubis. Pereda sospechó de inmediato la presencia de una colitis y se reprochó en silencio no haberla examinado exhaustivamente, se mordió el labio inferior enojado por no haber solicitado un historial médico mucho más detallado. No había revisado a conciencia el expediente que abriera el antiguo médico de Gracia. Parado frente al cuerpo recostado de la gorda, juntó ambas manos y presionó ligeramente sobre el punto indicado por ella. "¿Duele?", preguntó, mientras ella, que movía la cabeza afirmativamente, se retorcía de placer bajo la reveladora bata.

El resultado de la exploración preocupó a Pereda y alegró a Gracia. Tras palmearle firmemente el vientre y buena parte del abdomen —sumiendo sus dedos, perdiendo sus manos entre los pliegues de carne abultada— el médico terminó convencido de haber descubierto no sólo una seria colitis, sino tal vez una gastroenteritis avanzada, producto del desorden y el exceso en la alimentación de su paciente. Se culpó por haber recetado un laxante y, nuevamente, por no haberla revisado bien.

La mirada de Gracia, clavada todo el tiempo en él, terminó de hundirlo. En cuanto dejó el consultorio, contoneándose provocativa por la sala de espera, robándole el aliento a un par de pacientes que leían revistas, Pereda se hizo un juramento solitario y silencioso: esa mujer sería su reto.

***

Que ella tuviera la cara dirigida —una vez más— al suelo, superaba el umbral de tolerancia del señor Calderón. La vio balancear ligeramente la cabeza, como si escuchara alguna música y la siguiera con ese lento movimiento, y una increíble ternura se apoderó de él a través de la vaporosa espesura; luego sintió el peso de la impotencia. Esperó unos momentos ahí, mientras se apretaban contra su cuerpo, sin ningún pudor, varios de los integrantes del *fan club*. Era alrededor de las seis y media de la mañana. Gracia se enjabonó desganada los muslos. Echó el pelo hacia atrás y caminó lentamente hacia la regadera de presión. Se enjuagó y volvió a sentarse en el poyo. El señor Calderón percibió un cambio en el físico de Gracia, pero no pudo precisarlo: resultaba evidente que no disfrutaba de su estancia en el baño de vapor. La vio ponerse de pie, levantar la rejilla con sus artículos de baño y dejar el vapor púdicamente envuelta en una toalla.

Calderón salió del húmedo recinto para varones como víctima de una derrota. Se vistió mecánicamente y se dirigió a su trabajo. Quienes lo conocían podían ver en él síntomas de una depresión. Nunca había sido gordo, ni siquiera relleno; su cuerpo era más bien tenso y atlético, pero era obvio que había perdido peso en poco tiempo. Tenía la piel reseca, colgante en los brazos, y profundas ojeras.

Hasta su secretaria, usualmente impertérrita, le hizo saber su consternación por el cambio. Beatriz se lo reprochó secamente: no quería enviar al sastre pantalones para que se ajustaran a ese nuevo cuerpo tan delgado. Sus compañeros del club deportivo —aquellos que no formaban parte del *fan club*— dijeron que el tiempo excesivo de sudoración en un vapor provocaba daños irreparables en la salud, que era un hecho comprobado —y ofrecieron la garantía de la ciencia. Tantas muestras de preocupación recibió el señor Calderón, que comenzó a sentir angustia no sólo por su salud física, sino por la mental. El resto del *fan club* no era partidario de la asiduidad o la disciplina.

Que Gracia no hubiera disfrutado de un baño de vapor llevó al señor Calderón a vivir un infierno secreto. No podía contárselo a nadie. En su casa no recibía sino miradas de reprobación y no tenía otra presencia confiable además de la espectral figura que contemplaba en el espejo. Encontró, finalmente, una solución tan sencilla que lo hizo sentirse estúpido. Era facilísimo: indagaría todo lo que pudiera sobre ella, sabría la razón de su ausencia, entablaría un canal de comunicación para entrar al mundo que tan deseable le parecía.

Su búsqueda comenzó de inmediato. Indurain no sabía nada de ella, ni tampoco los demás miembros del *fan club*; estaban ahí sólo por morbo. Pero Indurain conocía a alguien que la conocía. Le tendió el teléfono al señor Calderón. El papel giró entre sus manos un día entero, pero no reunió el valor para llamar. El nombre le sonaba conocido: Isidro Juárez. Según recordaba Calderón, Juárez era veterinario y, en alguna emergencia, había revisado a su perro; tenía un puesto en el Consejo Directivo del club. El señor Calderón no recordaba por qué no había vuelto a su clínica.

Después de una cena ligera y un infame programa de televisión, tuvo el coraje de marcar. Las persianas y alfombras le daban el pretexto ideal, no necesitaba otra cosa que el anuncio de una oferta o la importación de tapetes extraordinarios —de nudo apretado, muy finos. El perro, desde luego, allanaría el camino para la plática. La clínica, la necesidad de las vacunas, la importancia de un collar antipulgas en cuero, de primera calidad, lo llevarían a otros temas. Encontró al señor Juárez dispuesto a tener una larga conversación, feliz de recuperar un cliente, de proporcionar datos, de ayudar en lo posible.

II

La vida de Andrés Pereda había sido fácil. Varios elementos se sumaron para liberarlo de presiones innecesarias: la casualidad, su apariencia y los mimos de sus padres. Entre sus logros estaba una sonrisa rápida y entre sus talentos una memoria ágil. No necesitaba esforzarse. También tenía un apellido famoso y una casa de campo. Sus pacientes nunca parecían estar gravemente enfermos; por lo general eran mujeres cuyos fingidos padecimientos se evaporaban a la primera aspirina o sucumbían a los placebos. El caso de Gracia era nuevo y sorprendente para él. Absurdas suposiciones ocuparon su mente desde que la vio. Creía que podría moldearla, como si la grasa fuera cera o barro. Creía que, sin muchos esfuerzos, podía estirar, jalar y reubicar la piel estriada y dañada por años de obesidad. Se imaginaba los resultados: una esbeltez opulenta, una mujer deseada por todos.

Andrés Pereda estaba abandonando el territorio médico y se internaba peligrosamente en el inapresable ámbito del *glamour*. Estaba decidido a enmendar lo que consideraba un descuido imperdonable. Tendría que ejercer sus encantos para someterla al bisturí de un competente cirujano. Reducción mamaria y *lift*, liposucción y un buen tinte (porque ese pelo negrísimo era perturbador, un tono más suave sería como un vehículo para la discreción) ayudarían sin duda alguna. Ejercitarse era indispensable, eso no sería un tema de discusión. Pereda no encontraba los argumentos para convencerla de que se entregase a sus capacidades y le permitiese gobernar sobre su físico.

Si había decidido tomar en sus manos el caso de Gracia, si lo había convertido en algo personal, era porque el rostro de la mujer era excepcional. En un inusual ejercicio de autoanálisis, Pereda terminó por aceptar —sentado en el retrete, con la mirada perdida en las juntas de los mosaicos— la atracción que sentía por las pesadas carnes que planeaba reformar. Él, acostumbrado a mujeres más bien firmes y delgadas, estaba francamente desconcertado de que una mujer con dinero y con posibilidades de ser bella hubiera dejado su cuerpo zozobrar de esa manera. Supuso que Gracia guardaba un secreto profundo, un encantamiento que él estaba dispuesto a romper.

Hizo un plan en el que detalló no únicamente el tratamiento médico que le impondría, sino todo un itinerario para que debutara en el mundo de la belleza. Según sus cálculos, el procedimiento tardaría nueve meses. En ese tiempo calculaba treinta kilos menos en el cuerpo de Gracia —lo que no la haría para nada delgada, pero sí la tendría en un estado de salud menos preocupante—, la recuperación de la forma femenina convencional, la pérdida de los bultos bajo las caderas, de su apariencia de diosa de la fertilidad y la exploración de nuevas relaciones con la comida y con su propio cuerpo.

La noche en que el plan quedó terminado, Pereda no durmió. Se pasó todo el tiempo acostado, detallando mentalmente a la mujer de su producción fantástica. Sin saber muy bien cómo, el resultado de su noche en vela fue la certeza de que, si ella bajaba de peso y seguía sus sugerencias, sería la chica que había soñado. Se sintió después un poco culpable y al amanecer giró hacia la pared la fotografía de su novia que reposaba tranquilamente en el buró.

El día de su siguiente cita, Andrés Pereda estaba preparado para informar a Gracia de su plan. Había pensado en un discurso para cuando la tuviera sentada frente a él. Sentía que debía empezar, según su decisión, hablando de lo que es deseable para establecer una relación positiva con el propio cuerpo.

Unos meses después, el doctor Pereda comprobaría el estado armónico en el que coexistían Gracia y su inmenso, inabarcable cuerpo.

***

Sin mucha pena ni gloria, el señor Calderón se enteró de lo que quería saber. Era una mujer soltera que no llegaba a los treinta, hija de un banquero ("¡ah!, claro") millonario que se sometía a sus deseos; el apellido era Peniche Valdés y no estaba comprometida con nadie. Aunque Calderón sabía que podía mover sus influencias y deslizar con elegancia unos billetes para que alguien se robase el tarjetón de la enfermería del club, prefirió no hacerlo; no quería saber ni la estatura ni el peso de Gracia. Los datos precisos lo ofuscaban: encajonarla entre estándares y medidas no era para ella.

Resignado a verla con menos frecuencia y a que sólo en contadas ocasiones se entregara a los placeres que lo habían atado a ella en primer lugar, Calderón formuló en su mente una estrategia que lo salvaría del tedio y lo llevaría a la felicidad. Definitivamente debía acercársele, establecer un contacto personal, y el orificio entre los dos baños de vapor no era el medio adecuado para hacerlo. En un arrebatado acto de valentía, decidió abordarla en la cafetería, la alberca o el solario.

Pero el valor se le esfumaba rápidamente. Escribía en una carpeta —con no muy buena ortografía— lo que haría con sus pertenencias y su vida privada. Organizaba planes para despertar el menor número de comentarios y perturbar a la menor cantidad de gente. La cautela sería su brújula y, tal vez así, alcanzaría su meta.

Asumió la precaución como un dogma. Medía sus pasos, calculaba sus miradas. Se entregó a su propio servicio de inteligencia privada. Abrumado por sus íntimos desvelos, fue incapaz de abrir la boca las veces que la tuvo enfrente. Vestida le despertaba nuevas angustias: sus fantasías estaban convertidas en la niebla de un sueño constante, amorfo. No descuidaba su trabajo, pero no le ponía el mismo empeño de antes. En su casa se desarrolló un ambiente plácido y tranquilo, nadie se daba cuenta de las motas de polvo que se acumulaban sobre la antes límpida superficie de los muebles de colección, la transparencia de los ventanales no era más un pretexto para pleitos.

El *fan club* se desintegró. El desmembramiento fue penoso e irrevocable. Entre Indurain y el señor Calderón se las arreglaron para poner un improvisado tapón de emplasto en el orificio —que aprendieron a remover y colocar de nueva cuenta con sorprendente rapidez— y se dedicaron a una guerra de miradas recelosas con quienes habían compartido el azoro y la erección tumultuosa. En ocasiones, las carnes de Gracia salían a colación, como al descuido, y entonces todos añoraban los viejos tiempos en torno al ánfora y al orificio.

***

Gracia iba una vez a la semana al vapor y se limitaba a sudar y a bañarse. Dedicaba por lo menos diez minutos diarios a trotar alrededor del floreado solario y un par de veces a la semana se doblaba y retorcía bajo los gritos estridentes de la instructora de aeróbicos. De dos a tres tardes por semana se transformaba en una gigantesca flor de loto, cerraba los ojos y levantaba las palmas al cielo haciendo meditación. La variable riqueza de su dieta, sus imposibles combinaciones, habían desaparecido.

Cada día, por la mañana, Gracia esperaba ver resultados en su cuerpo. Se balanceaba sobre una báscula —de muy reciente adquisición— y medía los posibles centímetros sobrantes en su ropa. Era un acto que realizaba casi tranquilamente: estaba enamorada.

Alguien real, una persona, ocupaba su mente. Atrás se habían quedado los Guillaume y Francesco y Lars, las construcciones de su imaginación superalimentada por novelas de romántico final feliz. En lugar de encontrarse entre tapas plastificadas de papel brillante, el objeto de su amor ahora estaba delimitado por un cuerpo palpable, por una sonrisa fresca. Se fueron los fornidos atletas que levantaban pesas en el último piso del club y los nadadores que se rasuraban las piernas para adquirir mayor velocidad; los jóvenes padres en pos de chiquillos desgreñados y los caballeros que inclinaban la cabeza al verla, en reconocimiento a su apellido o a su volumen. Andrés Pereda no se desvanecería al amanecer. Ahora tan sólo era él —con un abatelenguas en la mano— solicitándole calmadamente que dijera "Ah".

Por deseo intentó indagar en sus carnes, en busca de la esbelta figura que el médico suponía ahí debajo, sepultada.

Por él, Andrés —le encantaba pronunciar el nombre—, corría de un lado al otro del solario y se demudaba en las clases de aeróbicos. Una llamada a su olvidado entrenador físico la obligó a perder el aliento por las mañanas, ahogada bajo su propio peso. Domeñó sus ansias, aprendió a recomponerse cuando el sudor borraba el rastro del perfume, cuando el exceso de fibra le laceraba el paladar, cuando sentía ganas, según se decía en secreto, de mandar todo a la mierda.

Andrés Pereda, sin saberlo, la había alejado de los placeres a los que vivía consagrada. En sus sueños se imaginaba en la cama con él. Se preguntaba con angustia si podría disfrutar con un hombre; si alguien como ella, fascinada con su propio cuerpo y acostumbrada a proporcionarse placer, sentiría lo mismo junto a un hombre desnudo. Supuso que al doctor no le sentaría ese pasado de dedos, mangueras y saltos desordenados y que, decepcionado, la dejaría por cualquier mujer más casta si se enteraba de lo que pasaba en la planta alta del club deportivo. Quiso ver más allá y presintió los celos de Pereda. Los Fabio, Michel, Cristóbal, tenían que esfumarse.

Dejó de masturbarse sin demasiado pesar. Su única pena fue el paulatino abandono del baño de vapor. No dejaba de parecerle un templo húmedo y palpitante. Veía con pena la manguera en el piso: un animal ansioso a la espera de la calma que ofrecía su vientre.

***

El señor Calderón no quería ser llamado por su nombre de pila. No se lo permitía a casi nadie. Su mujer solía hacerlo por venganza; cuando le hablaba, ponía un énfasis anormal en cada letra, como si él estuviese sordo o necesitara de atención especial, como si fuera un niño medio imbécil o un anciano senil. Él hubiera preferido, sencillamente, *señor Calderón*, pero era consciente de la ridiculez que implicaba siquiera sugerirse ese pensamiento. A pesar de eso, solía pensar en ella como *señora Calderón*.

Fuera del de sus hijos o el de sus sobrinos, el señor Calderón no utilizaba el nombre de pila de la gente. Los apellidos le parecían más apropiados por dos razones: en primer lugar porque, según él, dicen mucho de una persona. Tener un apellido extranjero o no, o los dos apellidos iguales, o uno común y corriente revelaban cosas del pasado que no había que olvidar; en segundo término, los apellidos eran algo no personalizado, nada íntimo. Uno podía tener categoría y al mismo tiempo disolverse entre un cierto número de personas, desaparecer en las apretadas líneas de nombres del directorio telefónico. Sin embargo, él no podía pensar en Gracia de otra forma que no fuera con ese nombre.

Así, se le ocurrió que ella tendría que hablarle de alguna manera directa; no podría decirle *señor Calderón*, pero habría sido extraño escucharla usando su nombre, porque el recuerdo de Beatriz aparecería irremediablemente. Meditó unos minutos: ¿qué sugerirle? Después de darle unas vueltas, decidió concederle a Gracia el beneficio de la duda. Ya más tranquilo, pero en un ejercicio de poca lucidez, decidió abandonar la seguridad del vapor y salir de cacería. Quería verla fuera de ese ambiente húmedo y ligeramente irreal —todo mosaicos y agua y nubes de mentira— en el que la había descubierto.

Distinguió la inmensa figura retozando en el solario bajo la severa mirada de un entrenador. A partir de entonces el señor Calderón dedicó algunas mañanas a seguirla. Notó sorprendido que Gracia hacía vibrar el piso bajo sus pies cuando saltaba al moderno ritmo de la música, embutida en un traje de licra y obedeciendo a la jovencita que dirigía a una tropa de brincadoras aeróbicas. La siguió a la cafetería, al salón de té, a las bancas soleadas que miraban hacia la alberca. Hizo un recuento minucioso de lo que ella ingería (o el más minucioso posible, había que guardar distancias) y creyó reconocer en los platones de granola con pasitas vestigios de alguna dieta.

Con ropa y el cabello seco, Gracia parecía distinta, apenas un reflejo de la inmensidad gozosa que le producía felices erecciones. En esa chica había un cambio profundo y reciente. No era únicamente que deambulara por el solario o se sentara en la cafetería, sola, leyendo libros de forros coloridos, sino que había, a juicio del señor Calderón, un cambio de actitud. Faltaba algo. "Por supuesto que ha cambiado", pensó, recordando que hacía no mucho lo había dejado mudo y ahogado al meterse entre las piernas una manguera de goma.

Decidido a no perderla, el señor Calderón trató de ir tras ella ajustándose a un ritmo maratónico que lo requería como espía en horario de oficina. Se las arregló para hacer de la coincidencia un arte. Una clara mañana de invierno se sintió con ánimos de entrar nuevamente al baño de vapor. No encontró ninguna cara familiar; notó claramente el emplasto que cubría el orificio en la pared y se sentó en una banca. Estaba cansado. Permaneció sudando, con una toalla blanca envuelta en la cintura, hasta darse cuenta de que lo habían dejado solo. Miró su reloj: las diez y media de la mañana, viernes. Aguzó el oído, nadie se acercaba. Se aproximó a la pared —sin muchas esperanzas de verla— y quitó el emplasto.

No la reconoció. No sólo por la evidente pérdida de peso —que no la hacía menos obesa—, sino porque su actitud confirmaba los cambios que lo habían angustiado durante sus días al acecho. Trató de ver los detalles. Con la esperanza de estar pasando por alto un tinte innovador o un ajuste en el corte de pelo, fijó su atención en la cabeza, pero la mata oscura, larga y espesa, seguía siendo la misma, y sobre la piel humedecida no había signos desconcertantes que lo invitaran a hacer alguna atrevida lectura; pero algo había cambiado. La vio balancear los pies y revisar la extensa orografía de su tórax en busca de irregularidades; la vio pararse y detenerse frente al espejo, sonreírle a su imagen con las manos hundidas en las caderas y sumir el abdomen, hinchando el pecho y conteniendo el aire.

Rápidamente, sin preocuparse de que la toalla anudada a su cintura se desprendiera y sin temor a matarse de un resbalón sobre el húmedo mosaico, el señor Calderón salió del baño de vapor a buscarla. Olvidó colocar el emplasto en el orificio y no cerró la puerta al salir. Atravesó corriendo la zona de las regaderas, los pasillos abarrotados de casilleros, las planchas de masaje. Cruzó frente a la recepción de los baños ante la mirada espantada del recepcionista que contestaba el teléfono y el pasmo de los peluqueros que recortaban barbas, entró sin detenerse a los baños de mujeres, pasó junto al saloncito de belleza y la telefonista y se paró, respirando con dificultad, ante el primer pasillo de casilleros.

Señoras desnudas y semidesnudas, con brasier o en tubos, las piernas cubiertas de sustancias depilatorias o decolorantes, con una secadora de pelo en una mano y necios rizos en la otra, lo miraron atónitas, perplejas, en silencio. Un grito agudo —y a destiempo— rompió la tensión. "¡Un hombre!", se escuchó retumbar por los pasillos. "¡Un señor desnudo!" Hubo un correr desordenado, un golpeteo incesante, pisadas de angustia. Las mujeres quedaron expuestas, visibles sus afeites y el desarreglo de sus prendas interiores. No tuvieron tiempo o ganas de cubrirse, se empujaron para contemplar la escena o para ser contempladas.

El señor Calderón se sintió incapaz de moverse, pensar o tomar una decisión. Había actuado en contra de su propia naturaleza. El calor de la vergüenza lo asaltó y se apoderó de sus mejillas, de sus partes íntimas. Las miradas clavadas en él lo obligaron a cubrirse los genitales con ambas manos.

De todas las personas que pudo haberse encontrado en ese baño, el señor Calderón vio de frente a la última que hubiera querido ver. Su mujer caminó hacia él con paso firme y seguro, balanceando las caderas. Llevaba apenas unos calzones transparentes y sus senos se movían libres a cada paso. El señor Calderón miró con atención las uñas nacaradas de los pies (que creaban la ilusión de estar cubiertas por una fina capa de azúcar), el arco y el empeine sobre unos zapatos descubiertos de tacón alto, las piernas perfectamente depiladas, las rodillas graciosas y la ondulación de la cintura. Y luego sintió una bofetada que lo forzó a llevarse a la cara ambas manos, abandonando así la endeble protección que aislaba del mundo exterior su pene y testículos, contraídos a una talla ridícula por influjo del miedo.

"Quiero el divorcio", dijo la señora Calderón con una voz calmada, casi suave, y desapareció por un estrecho pasillo meneando con violencia el trasero.

Una mujer policía, con un sombrero en forma de cubo en la cabeza y una falda demasiado ajustada para su cuerpo, se acercó al señor Calderón y empujó contra su pecho, de forma violenta, una toalla. "Aléjense, aléjense", gritó después, cuando él se hubo cubierto, a las damas azoradas o fascinadas o francamente exhibicionistas. "Deben retirarse, cúbranse, aléjense de este señor, quítense", dijo mientras lo tomaba del brazo y lo jalaba, encajándole las uñas, hacia la salida. Con un suspiro, el señor Calderón se dejó conducir, los brazos vencidos a los costados.

***

Aunque no estaba de acuerdo con todo lo que Andrés Pereda había planeado para su recuperación, Gracia no se atrevía a decirlo. Sentía que las cosas entre ellos iban por buen camino; Andrés le cobraba tan sólo media consulta y se veían al menos dos veces por semana. Si bien era cierto que él nunca la había llamado para conversar fuera de consulta y que su atención se convertía en simple cordialidad cuando ella atravesaba la puerta del consultorio y se paraba en la recepción, Gracia notaba sus miradas insistentes y la forma en que él retenía entre sus manos la de ella —rechoncha, manicurada y blanca— al despedirse.

Someterse a una operación de busto le parecía un exceso intolerable porque suponía que la idea de Andrés estaba más enfocada a unas tetas pequeñas y erguidas que no encajarían en su figura, que seguiría siendo ancha aunque redujera medidas. Además, le daban miedo los escalpelos y no podía imaginarlos cortándole la piel de los senos. Pero ese sufrimiento estaba tan sólo en lo que vendría después. Por el momento, la torturaba la realidad. El ejercicio, por ejemplo. Nunca en su vida había hecho tanto, y las primeras semanas creyó morir.

Cuando se puso a saltar al ritmo de la música disco del salón de aeróbicos, lucecitas de mil colores danzaron ante sus ojos, una discoteca interior se instaló por un tiempo en su cabeza. El vómito al que lleva el esfuerzo amenazó con manchar los pensamientos y las rosas de Castilla conforme ella evolucionaba en el trote diario alrededor del solario. Pero la cara complaciente de Andrés Pereda cuando ella hablaba de sus avances y la actitud dictatorial de su entrenador la convencieron de estar haciendo lo correcto. Había perdido diez kilos.

Cierto jueves, Gracia se subió a la parte trasera de uno de los lujosos coches de su padre y le indicó al chofer que la llevara al consultorio de Pereda. La cita había sido concertada por la noche, con alguna alevosía. El auto se detuvo en el estacionamiento del elegante centro médico y el chofer esperó a que ella desplazara su volumen fuera; los muelles regresaron a su sitio, el auto recuperó su altura natural. "Le llamaré para que vuelva por mí", le dijo con firmeza y él se encogió de hombros y asintió respetuosamente.

Gracia caminó, perfumada y correctamente maquillada, hacia el consultorio del doctor Pereda. Atravesó varios silenciosos pasillos y vio una desbandada de enfermeras y secretarias. La excesivamente amable señorita que recibía en el consultorio la atendió con una ancha sonrisa, mientras se ponía de pie y tomaba su bolso. "El doctor la espera, yo ya me voy", dijo. Por primera vez Gracia correspondió con sinceridad a esa sonrisa y se dirigió meneando sus carnes hacia la puerta indicada.

Andrés Pereda estaba sumergido tras unos fólders color amarillo canario. Recargaba la espalda en un sillón reclinable y las rodillas en el pesado escritorio de caoba. No se dio cuenta de la entrada de Gracia hasta que escuchó su densa respiración. Dejó a un lado los papeles y le sonrió invitándola a sentarse, aunque respingó en su sillón cuando un intenso perfume invadió el aire y el bilé en los labios de la mujer que tenía enfrente se distendió en una sonrisa provocadora.

Sacó del escritorio el expediente y anotó la fecha y la hora de la consulta mientras le hacía una conversación banal. Posteriormente le pidió que se pusiera de pie. La midió con una cinta métrica y apuntó cuidadosamente las medidas en la hoja. Le revisó las pupilas, la lengua y el interior de los oídos. La hizo subir a la báscula y apuntó el peso junto a cifras correspondientes a otras fechas. Le pidió que hiciera un par de sentadillas (que Gracia ejecutó por primera vez con cierto decoro) y, por último, que se recostara en la plancha.

Ella no paró de hablar durante toda la inspección. Sin darse cuenta, Andrés Pereda fue partícipe de esa vida: la mujer hablaba de viajes, de museos, del club, de las dietas y hasta de las gaviotas. Poco a poco, Pereda comenzó a participar en la conversación. Mientras él palpaba la piel que cubría el colon, rieron juntos con el recuerdo de los lugares que ambos habían visitado o de las películas de su niñez, hablaron del sabor de helado que preferían, de lo triste que era lo que sucedía con la ciudad, que se afeaba irremediablemente, de lo divertido que era ir al cine por las mañanas.

Terminando la revisión abdominal, Pereda le pidió que se sentara sobre la plancha para continuar su revisión de rutina. Ella lo hizo pegando su cuerpo al de él lo más posible, sus rostros quedaron muy cerca. Gracia, a quien la batita cubría escasamente, abrió las piernas. No llevaba ropa interior. Un sudor frío recorrió la nuca de Pereda. A su pesar, una sensación agradable le inundó el vientre. Ella se inclinó hacia delante. Él cerró los ojos y escuchó crujir el colchón forrado en piel, el susurro que hacía la bata y el sonido seco del interruptor de luz. Sintió que le separaban los dedos aferrados al estetoscopio.

De pronto, en sus manos descansaban los pesados senos de Gracia y sus yemas tocaban las puntas frágiles, suaves y erectas de los pezones; recorrían los senderos de estrías que surcaban el pecho. No lo pudo evitar, una erección se abría paso, rozaba la bragueta. Ella bajó el cierre. Tomó entre sus manos la cabeza del doctor y la atrajo a su cara. La lengua de Gracia resultó ser un apéndice muy prolongado con la punta excesivamente delgada. El doctor Pereda la sintió recorrer sus últimos molares y su úvula. Mientras las lenguas se ocupaban de la saliva común, las manos hacían evoluciones exploratorias.

Pereda se encontró felizmente enredado en un laberinto de carne perfumada; pulsaba, palpaba, reconocía. Bajo sus toqueteos, la carne se retorcía y vibraba, suave y maleable. Sonoros gemidos, algún bufido y un agitado movimiento —una cadera arrojada hacia delante, la espalda lanzada hacia atrás, un cuerpo disperso sobre la plancha de auscultación— erizaron la piel del médico. Atrajo la vulva húmeda y abultada hacia su pene. Entró en ella, se deslizó entre los pliegues lubricados y rugosos. Hubo un silencio y unos segundos de luminosa calma. Luego vino un grito y se renovó la agitación casi con violencia. Él correspondió al movimiento: entraba, salía y volvía a entrar. Apretaba pechos, nalgas, caderas, mejillas, toda la carne que ella le ofrecía.

Empujó con delicadeza a Gracia para hacerla adoptar una nueva posición, ella dio muestras de una agilidad sorprendente. Él quedó pasmado y sudoroso. Descubrió, también, que ella tenía una capacidad inusual para sentir orgasmos; se quedaba unos momentos quieta, crispaba los dedos de las manos, arqueaba los pies en punta, gritaba y se estremecía tan fuerte que no sólo sus carnes temblaban, sino que sus convulsiones lo lastimaban, obligándolo a no sucumbir a la presión ejercida contra su miembro.

Por fin terminó. Retrocedió unos pasos y se dejó caer de bulto en su sillón reclinable. Tenía el pelo desordenado y reconoció en su carne aroma de perfume mezclado con olor a sexo. Descubrió con tristeza su falta de elegancia: los pantalones, arrugados, se le enredaban a la altura de las rodillas; eran visibles sus calcetines; bata y camisa colgaban desordenadas y húmedas de sus hombros y brazos. Llevaba los zapatos bien anudados. El reloj de pulsera, brillante, añadía un discreto aire de patetismo al cuadro. Mientras recuperaba la respiración, la escuchó moverse y notó que su brazo se dirigía hacia el apagador. Se sintió deslumbrado. Cuando su vista logró acoplarse levantó la cara y la vio, sonriente y desnuda, sentada en el borde de la mesa, meciendo los pies. "No estuvo mal para ser la primera vez", dijo ella, pasándose la lengua por los labios.

Con la cabeza entre las manos, el pelo revuelto y la mirada abismada, Andrés Pereda conoció la punzada en el estómago que lo acompañaría durante días.

***

Estaba sentado en una elegante silla de cuero, con respaldo alto, reclinable. Era una de las veinte sillas idénticas que rodeaban la mesa de la Sala Presidencial del club. Grandes fotografías a color, enmarcadas en fina madera, hacían el sonriente recuento de todos los hombres que habían presidido la institución desde su fundación hasta ese día. La larga mesa de caoba estaba protegida por una brillante cubierta plástica que al señor Calderón le pareció de muy mal gusto (y cuya pulida superficie se dedicó a manchar, sin saberlo o quererlo, con las yemas de los dedos). Esa Sala Presidencial era donde se reunía el Consejo del club y, a veces, la junta de socios. Él había formado parte de ambos alguna vez, antes de que aplicaran plástico a la mesa. Los asuntos en ese lugar —a pesar de las copas durante las sesiones, de las edecanes con falda muy corta y escote generoso, de las carcajadas que se perdían amortiguadas en la alfombra— eran para el Consejo, la junta y el presidente en turno de una seriedad incuestionable. Ahí se elegía el color de la fachada y se determinaba la compra de equipo nuevo —balones, redes, raquetas, sierras, podadoras—, se evaluaba el flujo de personal, se sopesaba el gasto energético de la caldera y las posibilidades de ahorro y, tal vez, la posibilidad de un negocio.

Ahí también se decidía quién sería expulsado del club.

Escuchó tras él unos pasos blandos sobre la mullida alfombra, pero no volteó. Estaba terriblemente preocupado pensando en la sanción que le esperaba. Pensó en sus hijos y en Beatriz, en terribles consecuencias para su trabajo y para su familia; en la vergüenza pasada, en las uñas nacaradas de su esposa y en la semidesnudez de dos o tres mujeres entre las que no se encontraba Gracia. El señor Calderón pensó que le cobrarían una multa altísima —él se negaría a pagarla, seguramente— por consentir su permanencia allí, por hacerse los muertos y fingir que el viaje en cueros de un baño a otro no había existido.

Isidro Juárez, miembro de la junta directiva del club, se sentó sobre la mesa, miró al señor Calderón y tamborileó con los dedos de la mano derecha sobre la cubierta. El señor Calderón miró la mano inmóvil: Juárez sostenía

—aferraba— un fólder de papel manila que debía contener un expediente. Después de unos incómodos segundos, sus miradas se encontraron.

"Carajo, Alberto, ahora sí se te pasó la mano", dijo el señor Juárez con una voz monótona. El señor Calderón se encogió de hombros y sintió que se le sumía el estómago. Juárez sonrió: "No te preocupes, Alberto, quita esa cara. Yo te echo una mano y no va a haber problema. Sé lo que te digo, tuvimos un caso..."

El señor Calderón ni siquiera percibió que lo llamaban por su nombre de pila y no se preocupó en saber del otro caso que le ofrecía una dudosa redención; tan sólo sintió sus músculos relajarse y, una vez más, el control sobre sus esfínteres recuperado. Los rostros de los presidentes parecían mirarlo con complacencia, con el perdón en las sonrisas inmóviles. El salón empezó a parecerle un lugar acogedor.

"Alberto, mira que querer impresionar a Beatriz de esa manera... Es de adolescentes, la verdad. Pero esas locuras ocurren, acá lo sabemos. Lo hemos visto. ¿Y qué hizo ella? Debe haberse quedado al borde del desmayo", la cantaleta del señor Juárez no se interrumpía y no tenía ningún efecto sobre el señor Calderón. "Las mujeres son así... Y hay jueguitos a los que uno tiene que entrar, les gustan esas cosas. ¿O es un asunto de pareja, ya sabes?" El señor Calderón sintió un codazo en su costado izquierdo, se removió incómodo. "Yo nunca supuse problemas entre ustedes dos; ya sabes, me lo habían dicho, pero no lo creí. Te comprendo, claro; por eso estoy de tu lado", ahora Juárez le palmeaba la espalda. Hasta entonces, hasta que sintió los golpecitos entre sus omóplatos, el señor Calderón pareció entender lo que escuchaba. El señor Juárez creía que:

Estuvo a punto de sentirse ofendido. Juárez pensaba que la figura perfecta y pulida de su mujer había sido la causa de su desordenada visita al baño de las señoras, que un problema con ella lo había lanzado, desnudo y húmedo, a rendírsele a los pies. Los miembros del Consejo justificarían su arrebato gracias a otros casos de demencia pasajera en empresarios importantes; aducirían algo relacionado con la edad y las canas. Algún secreto íntimo y descontrolado, inexistente entre él y su mujer, habitaría las bocas más informadas del club.

El señor Calderón miró el vacío reflejado en la cubierta plástica de la gran mesa de caoba. Pensó en Beatriz y en la mirada de desprecio con que lo había cubierto al verlo protegido únicamente por la endeble concha de sus manos. Hubiera querido responderle al señor Juárez con la verdad, pero midió sus pérdidas. Pensó en los robustos hombres de seguridad, que lo sacarían de la confortable sala para entregarlo a la cuestionable justicia local, y en excusas que no serían suficientes para esclarecerlo todo.

Levantó la cabeza y notó que el señor Juárez lo observaba con una mirada condescendiente y se sintió uno de los perros de la consulta veterinaria, en silencio, a la espera del merecido golpe en el morro.

"¡Vaya!", exclamó el señor Juárez, "lo que hace el amor", y entornó los ojos con una mirada que quiso ser significativa. El señor Calderón guardó silencio unos momentos más y, sin poderse contener, comenzó a reírse. Primero fue una risa suave, casi inexistente, un hipar sonriente, pero después se convirtió en una carcajada inmensa que abarcó todo el lugar y rebotó en las paredes. El señor Juárez lo miró con desconfianza, pensando que tal vez había errado el juicio y el caso merecía una segunda revisión, la evaluación de un especialista. En la garganta de Calderón gorgoteaban, entre las risas, palabras poco claras para Isidro Juárez.

Sonrió a medias, pero las risas del señor Calderón aumentaban y pronto él también estaba riéndose sin saber por qué y sin poder parar. Un minuto después empezaron a contarse chistes. Se llevaban las palmas a los muslos y los golpeaban de manera contundente; la gracia de sus bromas concretándose ahí, en esa parte de sus piernas. Empezaron a brotarles lágrimas de los ojos, y el señor Calderón se limpió la cara y las manos con un pañuelo desechable, el señor Juárez con la manga de su camisa; después de un rato se miraron con la sonrisa congelada en los labios, presos de una gran confusión.

Salieron del Salón Presidencial abrazados. Se prometieron ir en breve a un bar a seguir con los chistes, con la conversación, con el caso de la pareja que el señor Juárez sabía.

El señor Calderón estaba libre de culpas.

***

Fue la primera vez en su vida que Andrés Pereda perdió el sueño por una mujer. Algo no funcionaba. Sentía las sienes hinchadas y un agudo dolor en el puente de la nariz. Las aspirinas no bastaban y se revolvía en su cama, bajo el edredón de plumas. A través de la ventana podía ver las estrellas. Un vago y erróneo recuerdo lo hizo pedir un deseo a la más brillante de todas. Cerró los ojos y formuló lo que más quería en el mundo.

A pesar de sus intensos deseos, de sus manos aferradas al borde del edredón y de la punta de sus pies curvada hacia arriba, en su cuerpo seguía el olor de Gracia. Tenía todavía la sensación de estar en contacto con el sudor de sus carnes y el gusto de su saliva en las mejillas. De nada sirvieron las manías y los escrúpulos a la hora de lavarse: ella estaba ahí.

La formulación del deseo no le quitó el dolor de cabeza. Ante sus ojos cerrados y sin que su propio y continuo bisbiseo lo impidiera, la figura inmensa y fascinante de Gracia permanecía bamboleándose frente a él. Lo perseguía. Era la tentación puesta siempre en el peor lugar, el dedo en la llaga. Tocaba donde el cristal se había resentido y terminaría por quebrarse. Porque él nunca había usado su consultorio con esos fines y tampoco había aprovechado su posición como médico (su ventaja de observador y palpador autorizado) para llevarse a alguna paciente a una cama fuera de ahí. Siempre había querido evitar precisamente eso. Y los chantajes, algún llanto desesperado, maridos celosos. No estaba en una posición en la que pudiera permitirse esos lujos. Ni siquiera era *su* consultorio. Además, desde que estaba con Amalia las cosas eran distintas. Ella lo dejaba exhausto, aunque no necesariamente en la cama. De hecho, nunca en la cama. Amalia conocía otras fórmulas para cansarlo, para hacerlo sentir de pie en el medio de una vía rápida.

Pereda pudo reconocer, a pesar de la omnipresente imagen de Gracia y antes de que el peso atroz de la culpa se apoderara de él, que disfrutaba a veces del sexo con Amalia. Pero también aceptó que no se parecía, que no era lo mismo, que nunca lo había sido. Con esos pensamientos le llegó una extraña iluminación: siempre lo habían elegido. Las mujeres lo seleccionaban, querían tenerlo a él, a sus pestañas y su espalda ancha, su torso varonil. Eran ellas las que descubrían sus pechos más de lo necesario bajo el frío estetoscopio. Lo perseguían.

También Amalia.

La luz del alba rozó el rostro del médico y los ruidos propios de la mañana le permitieron conciliar el sueño. Desconectó el teléfono celular, se cubrió hasta taparse las orejas y se durmió.

***

Gracia estaba preocupada. Sus mandíbulas se movían a gran velocidad. Masticaba sin saborear la comida. Los dedos de su mano libre —de uñas perfectamente cuidadas— se movían sobre la mesa. De cuando en cuando inclinaba su rostro para succionar, ayudada por un popote, el contenido de su vaso. Cansada de masticar, echó la cabeza hacia atrás y dejó de comer. Cruzó los brazos sobre su pecho y suspiró. ¿Estaría embarazada?

Después de la visita a Andrés Pereda, una noche atrás, se había dedicado a recorrer, con su silencioso chofer al mando del auto, las avenidas principales de la ciudad. Juntos pasaron cerca de la fuente en la que una cazadora mitológica tensaba su arco para apresar una bestia invisible; vieron edificios iluminados y trabajadores del ayuntamiento hundidos hasta la cintura en el alcantarillado. Hicieron un gasto inútil de gasolina. Cuando su ritmo cardiaco alcanzó la normalidad y las palpitaciones de su vientre cesaron, Gracia decidió volver a casa. Se quitó la ropa en cinco minutos y se lanzó a la cama. Durmió casi de inmediato. Sobre su cuerpo, la satisfacción se extendía como algo tangible; unos dedos presionándola, unas manos asiéndola de las caderas. Despertó tarde y contenta y decidió quedarse acostada. Incesante, obsesivamente, revisó la escena de lo ocurrido. Las imágenes se reprodujeron dentro de su cerebro en un espectáculo interior y fantástico que la embelesó.

La preocupación llegó cincuenta y tres horas tarde a su atribulada conciencia, en el club. Con la boca reseca, un regusto amargo en la lengua y más de dos días de felicidad en el bolsillo, se le ocurrió la posibilidad de un embarazo. Dudaba de la conveniencia para ambos —sobre todo para él, un profesional comprometido— de tener un hijo. La posibilidad de un contagio, de alguna enfermedad transmitida por la vía del amor, no apareció en su cielo de preocupaciones sino hasta mucho después. Su vida había transcurrido del lado seguro y solitario del sexo. Pero tenía información al respecto. Si llegó a pensar en alguna enfermedad fue apenas un destello; el hecho de que Andrés fuera médico le parecía aval de una salud prístina. Los asuntos importantes eran otros, otra la situación a decidir.

Clavó la vista en el apio picado que tenía enfrente y con un gesto de asco lo hizo a un lado. Se sentía ansiosa, y la ansiedad le daba hambre. Dirigió sus pasos a la barra del bufé. Tuvo dificultad para llevar su plato a la mesa. La loza había perdido los bordes, la comida escurría, amplios lamparones saturaron el mantelito de papel azul, símbolo inequívoco de la cafetería.

Ahora sí, podía masticar lentamente y disfrutar.

***

Andrés Pereda llevaba dos días sin ir a trabajar. Cada vez que se levantaba de su cama y se decidía a ir por un poco de comida, una arcada lo doblegaba. Su estómago estaba vacío. Hilos de bilis colgaban de su boca mientras se reclinaba sobre la taza del excusado.

Cuando era muy joven, en secundaria e incluso en los primeros años de la preparatoria, se creía capaz de grandes aventuras. Suponía que era sencillo subirse a un avión y lanzarse en un paracaídas multicolor, extendiendo los brazos, protegido del abismo por la tela que se abriría como una nube salvadora. También creía que la vida al aire libre no representaba ningún riesgo y llegó a comprarse un libro de espeleología. Pensó que el *rappel* sería sencillo y se imaginó a sí mismo sobre la verticalidad de una roca estéril. Navegar en kayak, trepar ayudado por una pica, sumergirse en las profundidades del océano sin escuchar otra cosa que el burbujeo producido por su propio oxígeno eran cosas que lo atraían profundamente cuando las pensaba en abstracto.

Pero la práctica era otra cosa. Fue invitado a un campamento sencillo: unas latas de cerveza, carne para asar, un *sleeping bag*, una pequeña tienda, ollas y sartenes. Se compró un equipo de primera. No quitó la etiqueta adherida a sus cosas hasta el día en que el reducido grupo de campistas decidió salir de la ciudad e instalarse por tres días bajo el frío cielo de la montaña. Su equipo —empacado con una meticulosidad de delirio— fue colocado al lado de un anafre lleno de tizne, junto a una hielera plástica untada con sangre seca y grasa vieja. Andrés se sintió tenso. Durante el viaje —incómodamente sentado entre dos personas, dentro de una pick-up que cascabeleaba— Pereda se dedicó a supervisar los bamboleos de sus nuevas adquisiciones. Le dolieron los ojos de mirar por el retrovisor y se mordió la lengua en el primer bache. Ya frente a los oyameles, se sintió reconfortado, pero la instalación del campamento logró desconcertarlo por completo. Por más veces que revisara el instructivo, a Pereda le parecía imposible colocar de manera adecuada la tienda de campaña. Los hilos y amarras se le escapaban de entre las manos y perdió con facilidad uno de los clavos destinados a mantener la tienda erguida. Los otros campistas, cansados de esperar de él muestras de alguna habilidad, y con una pequeña ciudad ya instalada sobre el terreno desigual, le hicieron el trabajo. Andrés Pereda no aguantó ni una noche. Antes de la madrugada lo despertaron sus muslos lacerados por el contacto con el suelo duro y frío. Se obligó a permanecer en vela a la espera del amanecer para poder largarse en el primer camión que pasara.

Limitó su juventud a acreditar materias, seguir los consejos de su padre, aprovechar sus contactos sociales y experimentar con mujeres mayores que él. Sus hazañas permanecían dentro del viciado aire del gimnasio; su triunfo iniciaba en los pasillos del club social, de las reuniones, de las exposiciones de arte, y culminaba en los cuartos de hotel. Desarrolló destrezas destinadas a desvestir y vestirse aprisa. A partir de entonces, su cara bonita hizo todo el trabajo. Se acordó de eso al mirar su reflejo en el agua del excusado.

***

Gracia no era muy comunicativa. No tenía relaciones amistosas con nadie. Había pasado un año en París, otro en España, varios meses en Viena, dos otoños completos en Vermont y algunos veranos, incluyendo la Navidad, en Buenos Aires. Sus padres solían ofrecerle celebraciones excesivas para sus cumpleaños. Había partido pasteles en cruceros polares o en navegaciones por el Mar Muerto. El Caribe era como una extensión de sus dominios urbanos, los bosques boreales le resultaban familiares y llegó a parecerle monótona la lluvia sobre Picadilly. En el cumplimiento de su deber como padre millonario, el señor Peniche había sucumbido a las tentaciones de la excentricidad. De tanto Hawaii y Waikiki, kimonos para cubrirse y abanicos de sándalo para ventilarse, Gracia había alcanzado la aburrición. Replegada en su interior, encontró el mundo más sencillo y admisible desde su cuarto. Se dedicó a acariciar la frágil realidad que habitaba entre las tapas blandas y el papel cultural de sus novelitas.

El club era la única otra salida en la que no sentía arriesgar su estabilidad. No se veía obligada a hablar en distintas lenguas ni empujada a entablar relaciones. Le incomodaba intentar una vida social; sus padres de por sí saturaban de gente bien la casa familiar todos los fines de semana.

Pero Andrés Pereda era un tipo exitoso, vivía del contacto social. Sus manos, su sonrisa, su mirada. La iluminación gratificante de su consultorio y el nutrido grupo de mujeres que lo visitaba eran la prueba. Gracia se imaginaba consagrándose en los rituales de la convivencia multitudinaria para poder ser su compañera. Tendría que seducir a algunas mujeres del club, ensayar por primera vez en ese lugar sus encantos de señorita de alcurnia, explotar sus manos cuidadas y su lista de viajes interesantes.

Siguiendo estos pensamientos, comenzó a observar a los socios de una manera que no había sospechado jamás. Repentinamente, no pensaba en genitales desconocidos. No veía a los otros en busca de material para sus fantasías; estaba a la caza de gestos que le indicaran el contenido de su interior. Pensaba evaluar la calidad humana.

Le resultó una tarea difícil. A diferencia de los destellos fascinantes que podía recibir de la gente cuando se la imaginaba en los ámbitos del intercambio de fluidos —y que para ella eran deseos ocultos, material para ensayar sobre su cuerpo, en la intimidad de su cuarto o en el baño de vapor—, la lectura que hizo de las personalidades la dejó confundida. Se sintió perdida en ese círculo de símbolos ambiguos. Después de unos días de ejercer una intensa observación sobre las mujeres con las que se atravesaba en sus rutinas, optó por una bajita, de piel oscura y cuerpo desproporcionado, que parecía no encajar en el ambiente del club y ser auténtica al menos cuando se rasuraba las piernas.

A pesar de sentir el miedo entumiéndole los dedos, la abordó en el vapor. La señora se daba champú con un líquido oloroso a manzanas. "Huele muy bien ese champú", aventuró Gracia, recogiendo sus nalgas y desplazándolas hacia la mujer que ahora la miraba con desconfianza. "¿Puedo ver la marca?", preguntó muy consciente de la mirada que se clavaba en ella. Por unos momentos, pensó haber cometido un gran error, creyó que naufragaría en ese primer intento; estuvo a punto de salirse del baño de vapor, pero la idea de llevar en su vientre al hijo de Andrés Pereda le dio el valor que necesitaba para continuar con su incursión. La mujer seguía mirándola sin decir nada, pero había dejado de enjabonarse la cabeza y pedazos de espuma caían al piso, como merengues desafortunados. Después de un breve silencio (amortiguado por el siseo del vapor surgiendo en algún lado) la señora giró sobre su cuerpo y levantó una botella para extendérsela a Gracia.

Era un champú común, de los que se consiguen en cualquier tienda o farmacia, más bien barato, de no muy buena calidad. Pero la concentración de Gracia se había fijado en los movimientos circulares sobre un cráneo más bien pequeño y no en la botella que descansaba junto al trasero menguado de la mujer.

De cualquier manera, había hablado y ahora tenía en la mano la botella del champú. Para ser consecuente consigo misma, se llevó la botella a la nariz y aspiró. "Sí, muy bien que huele", repitió. La mujer, ante la evidente intención de la gorda de hacerle una conversación, sonrió con ironía. "Huele mejor ese jabón con el que tú te tallas", dijo con el índice dirigido al jabón líquido de vainilla empleado por Gracia.

Intercambiaron botellas y frascos, ponderaron distintas marcas de productos especializados en suavizar y subsanar. La plática se fue enriqueciendo. Con la piel carmesí por el calor a ritmo y temperatura constantes, la señora Juárez y Gracia dieron inicio a lo que creyeron, erróneamente, que sería una larga amistad.

***

La señora Juárez miraba con preocupación cómo la señora Calderón caminaba sin cesar de un lado al otro por el largo pasillo de los baños. La esbelta figura de Beatriz parecía honestamente afligida. Se tronaba las falanges y echaba hacia atrás la cabeza, ahuyentando un dolor de cuello o un pensamiento nefasto. Mordía con insistencia su labio inferior. Parecía estar pasando un muy mal momento.

"Cálmate ya, Beti", dijo la señora Juárez, sentada en una de las bancas de metal del pasillo. "Te tienes que calmar, de verdad." Pero la señora Calderón no parecía escuchar. Un vago impulso confesor la obligó a hablar. "Todos los sacrificios que he hecho por él y mira cómo me paga", marcaba el piso con los filos de sus zapatos de tacón. Sobre su pecho, que subía y bajaba rápidamente, vibraba una diminuta medalla de la virgen María. La tomó entre sus dedos y cerró los ojos. "Ojalá le pase algo muy malo, algo que le duela toda su vida", dijo fervorosa. La señora Juárez se levantó de un salto y aferró la mano de la señora Calderón entre las suyas. "Beti", dijo muy angustiada, "esto que estás haciendo es pecado".

La señora Calderón respiró profundamente y se compuso la falda. Caminó con paso firme hasta el espejo más cercano y comprobó la perfección de su peinado. Giró la cara hacia la derecha y luego hacia la izquierda. Tal vez algo en sus ojos o en la comisura de sus labios delatara su furia; pero su piel seguía lisa, como si nunca hubiera padecido sinsabores. "Tienes razón", dijo, mirando de frente a la señora Juárez por primera vez. "Estoy cometiendo una locura, la solución a mis problemas es otra." Se dirigió a la banca donde había estado sentada la señora Juárez y recogió su propia bolsa. Revisó automáticamente el contenido y se la colgó al hombro con una sonrisa en los labios. "Nos vemos, Queta. Ha sido una gran ayuda hablar contigo hoy. Un beso", dijo, y sus labios rozaron el aire perplejo en torno a la mejilla izquierda de la señora Juárez.

***

"No me ha bajado", confesó Gracia, protegida por una cálida bruma. Aunque la visibilidad era muy poca, notó el sobresalto de la señora Juárez. A pesar de sus escasas conversaciones, de haberse visto relativamente poco, la señora Juárez entendió de inmediato lo que le estaban diciendo, no tanto por la obviedad contenida en esas palabras como por la entonación y los deseos contenidos en ellas. "Santo Cielo, chula. Eso es terrible", dijo, bajando la voz tanto, que Gracia tuvo que hacer un esfuerzo para escucharla. Un par de mujeres entraron armando gran bullicio. Una trabajadora de intendencia se asomó para preguntar si estaba bien la intensidad del vapor o si las señoras lo preferían más fuerte. Gracia y Enriqueta Juárez esperaron a que los rumores alcanzaran un tono homogéneo, la plática monótona de las otras opacando lo que tenían que decirse. "¿Qué vas a hacer?, ¿de quién es?, ¿qué te va a pasar?" A Gracia le gustaba el tono de la señora Juárez, en buena medida porque lo confundía con una auténtica preocupación maternal que la hacía sentirse segura. Se trataba de un pago a sus confesiones: una especie de abrazo prolongado, tal vez innecesario. Una comprensión abrumadora.

Enriqueta Juárez deseaba con toda el alma ser la oreja que escuchara a la hija del banquero ("¿Peniche, como el banquero?") y creía fielmente en su propia capacidad balsámica. Se suavizaba frente a la gorda. La masa de la otra, su impactante volumen, desaparecían frente al deseo de saber, de entrar en contacto con los secretos de alguien como ella. Así, Gracia se desvaneció, su satisfecha corpulencia cedió el paso a la fragilidad del abandono, lo que fue interpretado por la señora Juárez como necesidad de afecto, la espera de una atención limpia que lo escuchara todo.

Se dejó ir. Le contó de su vida pasada. Habló de sus fantasías y las convirtió en realidades (las moldeó, se regodeó fabricando detalles imaginarios que la otra no podría discernir siquiera) y chachareó sin parar acerca de las virtudes de su hombre. Animada por sus propias construcciones, confesó la virginidad perdida y el fantástico, aunque difícil de asimilar, sabor de la primera experiencia. En el vapor la cara de la señora Juárez parecía diluirse. Eso ayudaba. Platicaron de los vómitos matutinos que vendrían en los primeros meses y los descalabros que provocarían los cambios hormonales. "Pero no me va a pasar nada malo", dijo Gracia, convenciéndose a sí misma. "Supongo que el único cambio drástico en mi vida, además del bebé, será un matrimonio." Removió su corpulencia en el húmedo poyo, feliz y emocionada.

La señora Juárez se sentó más cerca. No sentía repulsión por el cuerpo descomunal. Estaban muy juntas, sus pieles calientes a punto de tocarse. "Bueno, bueno... ¿Me vas a contar quién es el novio?" Queta no creía su suerte; formaría, de una u otra manera, parte de la historia. Encajaría mejor en ese ambiente. "Claro", dijo Gracia orgullosa, "se llama Andrés Pereda". La señora Juárez sintió que una ráfaga helada atravesaba el baño de vapor. Su piel sudada se erizó.

***

Beatriz Calderón salió de la clínica cosmética con una gran bolsa de papel de estraza bajo el brazo. Su atractiva figura cruzó frente a los coloridos escaparates de las tiendas. Sintió cómo la miraban: el deseo en los ojos de los hombres, cierto reproche en las miradas femeninas. Le imprimió a sus pasos fuerza, permitió que sus pechos, contenidos en un brasier de encaje, brincaran un poco, y pronunció la curvatura de su cóccix.

Acababa de pagar por la felicidad y quería demostrarlo. Habían masajeado su torso, su cuello adolorido, sus pies cansados. Untada de aceites esenciales y perfumados, la señora Calderón se desplazaba como una bella aparición por los concurridos pasillos.

Una vez en su casa —donde había mandado colocar flores frescas en cada rincón; nardos y azahares y gladiolos blancos— levantó el auricular del teléfono. Esperó con tedio cinco tonos y pensó en colgar. La voz asfixiada de la señora Juárez sonó del otro lado. "¿Queta? ¿De dónde vienes que contestas así?", preguntó todavía inmersa en el sopor que sentía. "Ay, Beti. Vengo llegando del club y tengo pésimas noticias para mi sobrina." La señora Calderón deseaba ser escuchada: quería comprarse ropa interior sexy, necesitaba que Queta Juárez le dijera que se veía sensacional y delgada y muy atractiva y tan joven que no parecía. Quería gastarse el dinero de su marido en un restaurante vegetariano. No estaba dispuesta a sacrificar su felicidad, la plenitud que sentía, por lo que le pasara a nadie.

"Ay, Queta. No te angusties por tu sobrina", dijo, tratando de suavizar la rigidez en su voz, "mejor ven conmigo a sentir la parte femenina del Universo". La señora Juárez guardó silencio. La señora Calderón se había apropiado del discurso de su masajista: el Universo y los planetas tenían un lado femenino. Las mujeres tenían que explorar su interior a profundidad para entrar en comunión con ese infinito de astros y sincronizarse con ellos. Su cosmovisión incluía las cremas reafirmantes, la digitopuntura, la magia poderosa de los volcanes y el elíxir macrobiótico de la eterna juventud. El betacaroteno en su empaque original salvaría a las mujeres del mundo (a las iniciadas en el conocimiento) de los maleficios de la edad: en las zanahorias había poder. Las cucurbitáceas también tenían lo suyo, no era posible obviar su capacidad líquida, sus tejidos que eran garantía de frescura, que podían vibrar con la música y llevar, por una rara extensión, la potencia hidratante a las pieles femeninas.

"Todas debemos comer vegetales, sanan", dijo contenta. Habló de un restaurante de moda en el que la luz indirecta disimulaba las líneas de expresión. "Y es delicioso y puedes pedir espagueti si no quieres comer verduras." La señora Juárez tardó unos momentos en contestar.

Finalmente preguntó: "¿Puedo llevar a una amiga?" La señora Calderón sonrió satisfecha.

***

El restaurante era un prodigio de lo reciclado, lo orgánico y lo integral. El dulce olor de la albahaca y el picor del jengibre amainaron la desesperanza de Gracia. Manteles de batik adornaban cada mesa y los estampados irregulares también estaban en las servilletas, en las cortinas. Habían saltado, incluso, a los coloridos uniformes de los meseros; un implausible elefante por aquí y una iguana por allá destacaban sobre los delantales en tonos pastel y daban la impresión de ser las insignias de un ejército con soldados de caramelo.

 Se sentaron en una esquina, a pesar de las dificultades de la gorda para desplazarse detrás de la mesa. La señora Calderón eligió ese lugar con cautela; se instaló en un rincón oscuro. Mucha gente conocida podría verla allí. No quería ser asociada con la corpulencia de Gracia. Se sentía profundamente impresionada. La había visto antes en el club, pero nunca tan de cerca. Cuando se cruzaba con ella o alcanzaba a verla a lo lejos, sentía una angustia que no podía explicar. Una sensación de pérdida o desastre acompañaba cada visión que tenía de la gorda. La soltura de ese cuerpo le producía un estupor que difícilmente superaba y temía que ese sentimiento embargara a otros comensales que también tuvieran lástima de ella por tener tan improbable compañía. Y además sentía vergüenza, como si su propio cuerpo rebasara los límites de su piel, abandonara su forma, expandiéndose. Era algo inexplicable, sentía que, repentinamente, por tener a Gracia frente a sí, se le acumularía la grasa en las nalgas. Le parecía atroz, casi doloroso, ese cuerpo de carnes amontonadas, ropa tristemente a la moda —perdida entre pliegues de piel. La sobrecogía el pelo largo, ondulado y negrísimo, cayendo a mechones sobre dos senos monumentales. No entendía por qué la señora Juárez se empeñaba en decir que esa gorda era una chica maravillosa, una persona *bella*. Gracia había sepultado todos sus atributos.

"Puedes pedir una ensalada", le dijo a Gracia, el rostro oculto tras el amplio menú y la esperanza puesta en que nadie la reconociera. La gorda enarcó una ceja y miró el suyo por tercera vez. Ella sabía de ensaladas. Su estómago estaba acostumbrado a inflarse con cáscara de manzanas y berros crudos. Pero había delicias que no quería desaprovechar. ¿Un *fussili* con tocino de soja?, no, tampoco eso porque el tocino de soja no era tocino y... ¿Qué tal un espagueti con variedad de nueces y cremas? O, mejor: ¡chocolate!, ¡azúcar!, ¡mantequilla!, ¡pan! Todo mezclado, todo satisfactorio. La carta ofrecía pasteles, tartaletas, cremas (de origen vegetal) batidas y esponjadas. Gracia levantó la mirada del menú y se enfrentó a los ojos duros de Beatriz Calderón.

No, no pediría una ensalada.

***

"¿Qué restaurante?", preguntó el señor Calderón sin levantar la vista del periódico. Era la primera vez que su mujer le dirigía la palabra desde el *incidente* y él quería una tregua para ganar tiempo. Ella no contestó, estaba absorta, mordisqueándose la uña del índice derecho. Él siguió con el periódico, pero las noticias dejaron de interesarle. Pensaba en Gracia y en las razones que lo llevarían al divorcio.

"¿Sabes quién se va a casar con alguien que no es su novia?", dijo ella retomando la conversación en zozobra. El señor Calderón no tenía idea —o interés— en saber quién podía ser, pero igualmente iba a preguntarlo; quería tenerla menos enojada, quería separarse sin rencores, sin que le costara una fortuna. Antes de que pudiera decir nada, ella dijo, con mirada abismada: "Andrés Pereda".

El nombre no le decía nada. ¿Señor Pereda? Tampoco. ¿Ingeniero Pereda? No. "¿Quién es Andrés Pereda?", preguntó, temeroso de desatar la furia de su esposa pero carcomido por la curiosidad. "Es médico", dijo ella sin cambiar de posición. ¿Doctor Pereda? Eso ya le sonaba más. Lo recordaba como un anciano, de pelo y barba canosos, bigotes generosos y cuarenta y cinco años de matrimonio. "¿Qué no está muy viejo para casarse?", dijo, cambiando de página el periódico.

"No es él", Beatriz Calderón taconeaba distraída. "Es su hijo, también médico." Se había levantado, estiraba sus largas piernas. Liberó su cabello, recogido en un discreto moño, y sacudió la melena. El señor Calderón la contempló sin sentir la menor fascinación. Supo que la preocupación de Beatriz no tenía ninguna relación con la bofetada en el baño de mujeres. Algo raro sucedía en el corazón de su mujer, algo que habría sido inquietante si a él le importara. La verdad era que ella podía pensar como quisiera, hacer todo el alboroto que le diera la gana, con tal de no causarle más problemas. No le preocupaba lo que mortificara a su mujer, siempre y cuando no estuviera en él la causa de tal desazón.

***

Los hombres guapos la conmovían. Los hombres guapos que la consideraban a ella hermosa le removían la médula. Los hombres guapos que la consideraban hermosa hasta llegar al tartamudeo, a las palmas sudadas o a la mirada arrobada y que temían tocarla, la llevaban, según su propia descripción, más allá de las palabras. Andrés Pereda era uno de esos hombres. No era un médico excepcional, tal vez ni siquiera bueno, pero una consulta con él la relajaba como un masaje.

Era evidente el sufrimiento que sentía al aplicar el estetoscopio sobre su abultado pecho. Se tropezaba con sus propios pies si ella se abría la blusa en su presencia aduciendo una molestia en un costado, si se reclinaba boca abajo sobre la plancha de auscultación, ofreciendo con fingida vergüenza su *derrièrre* para recibir la inspección de sus vértebras lumbares.

La angustia de Pereda era sedativa para la señora Calderón. Se sentía segura en ese consultorio. Andrés se iba a casar pronto, podía coquetearle un poquitín y disfrutar del rubor del médico sin temor a una proposición que se vería obligada a rechazar, un ofrecimiento que no le gustaría.

Beatriz no dudó en seguirlo a su nuevo consultorio, más céntrico y amplio, extraña herencia de un médico mayor, según le informaron después. Por eso no podía creer que un hombre tan guapo, de tan buena familia y con Amalia, fuera a dejarlo todo por Gracia Peniche.

A la señora Calderón le desagradaba entrar al vapor, odiaba a las mujeres que se limaban los callos reblandecidos por la humedad. La fealdad le parecía una de las condiciones principales para matar el tiempo en ese sitio. La concurrencia tendía a lo chaparro o a lo rechoncho, a lo viejo o a lo vulgar. Y tampoco sentía ningún placer en ver a las jovencitas atléticas (la otra parte de la asistencia en los baños), con cuerpos firmes, nuevos y elásticos, tendidas en los poyos blancos. Detestaba las mejillas arreboladas, los poros abiertos, el tono solferino de los rostros cuando salían, fustigados por el agua a punto de hervir. No le gustaba el vapor.

Pensó en Gracia desnuda, bañada en sudor. Pensó en su imagen reproducida al infinito por el juego de los espejos que no se empañaban, y sintió que tendría pesadillas esa noche. El mundo de Enriqueta Juárez estaba fuera de su alcance, no podía comprenderla, no quería hacerlo; ¿cómo podía quererla?, ¿cómo podía ser su amiga si eso afectaba directamente a su sobrina favorita? En el restaurante, a pesar de que Gracia engullera dos entradas, tres platos fuertes, una ensalada y dos postres, Queta había permanecido tan estoica como un ídolo de piedra. Los meseros llenaron tres veces la cesta del pan que desaparecía por la garganta prodigiosa de la gorda. Ella, Beatriz Calderón, con la cabeza gacha ante los excesos de la amiga de su amiga, se negó a comerse las verduras cocidas al vapor, aderezadas con hierbas de olor, que le habían servido. No pudo siquiera beberse el té de menta que tanto bien le hacía. Durante la cena la conversación le fue imposible. Enriqueta, en cambio, platicaba cariñosamente con Gracia, preguntándole detalles de su vida y de su relación con Andrés Pereda y de sus planes futuros. Atónita, la señora Calderón se empeñó en descifrar las convulsas figuras de la tela, apenada de levantar la mirada del mantel. Estaba perpleja y furiosa porque la presencia de esa mujer la inhibía y ella no era una mujer tímida, que se escondiera; ella era una mujer que caminaba erguida, con la frente en alto, orgullosa de ser quien era.

Amalia Juárez, si no le fallaba la memoria, estaba fuera de la ciudad. La señora Calderón recordó su figura esbelta y su pelo largo, oloroso a la fragancia de moda, y sintió una pena horrible. La mujer que tenía enfrente, ese inmenso contenedor de alimentos, no podía competir con Amalia. No era *normal*. Andrés Pereda había perdido no sólo a su novia, sino también una paciente y, muy seguramente, su propia dignidad. La señora Calderón se revolvía desesperada. ¿Quién sería su médico en adelante? Iba a decirle a sus amigas que Pereda había embarazado a Gracia Peniche (sí, a la gordaza del club, la del pelo fabuloso que se pasaba horas en el vapor, que a veces se acostaba, tremenda, en las planchas de masaje, la que no habían visto nunca de cerca porque les daba susto, ésa a la que querían tocar para ver si no era falsa, la del papá tan rico; ésa), allá ellas si querían seguir visitándolo.

Después de esa noche, la señora Calderón empezó a dudar de que Andrés Pereda, ya acreedor de todo su desprecio, reaccionara como lo hacía en su presencia por considerarla una mujer hermosa. La señora Calderón dudó, incluso, de su propia belleza.

***

Amalia no ocupaba ni la cuarta parte de sus pensamientos. La mente de Pereda estaba involucrada en los complicados pretextos que se autoformulaba con la misma velocidad con que los descartaba, y en preguntas sin respuesta. El insomnio, que lo tenía con profundas ojeras y las mejillas hundidas, estaba a punto de ceder.

La magia de la medicina de patente había hecho mucho por él. Unas pastillas ligeras para conciliar el sueño lograron maravillas, aunque no las necesarias para hacerlo olvidar. La fotografía de Amalia, siempre sonriente desde el buró y a punto de ahogarse entre cajitas con pastillas, le parecía parte del mobiliario. No fue consciente de sus actos —en un sentido racional, con la cabeza fría, sin el embotamiento de las pastillas ni el desasosiego del placer— hasta que decidió usar su reloj de pulsera, rescatarlo del buró.

Entonces la sonrisa de Amalia, congelada en una pose premeditada, cobró un significado distinto.

***

El señor Calderón sintió que si Beatriz se le acercaba un poco más, la golpearía con el puño cerrado. En la cara. En la barbilla. La miró pasearse una vez más por el cuarto, en ropa interior, agitando los brazos en el aire. Un cansancio profundo, casi angustiante, se había apoderado de él; pero ella no tenía intenciones de dormir. Desde hacía una semana había comenzado un monólogo a media voz; su murmullo —un puro zumbido— invadía el aire, bajaba por las escaleras, habitaba la casa entera. Era un procedimiento que moría al amanecer y cobraba un inusitado vigor después de las diez de la noche. A veces, en la madrugada, su figura en camisón lo despertaba con el pecho encogido, como si lo hubiera rozado un fantasma. Después de varios días de delirio, notó un cambio en el tono del zumbido y una modificación en el ritmo de los pasos; parecía dispuesta a tomar una decisión. ¿Con respecto a qué? Lo ignoraba. También ignoraba qué extraño resorte impulsaba esos andares nocturnos y el murmullo interminable.

La miró salir de la habitación echándose apenas una bata encima —el satín revelador acariciando su cuerpo—

y sacar del armario una bicicleta fija y un ejercitador de abdomen. Instaló los aparatos en el *hall* de entrada al cuarto matrimonial, se montó en la bicicleta y pedaleó con furia, las medias palabras ahogadas entre jadeos. Calderón fijó su mirada en el labio superior de su mujer: minúsculas gotas de sudor lo hacían brillar.

No sabía a qué atenerse con ella. Guardó silencio, evitó comentar que le molestaban los aparatos a la entrada de su cuarto. Tampoco preguntó qué pasaba. Se dijo en voz baja que no valdría la pena escuchar lo que ella pudiera contarle. De hecho, pensó el señor Calderón viendo pedalear a su mujer, la molestia que ella sentía desaparecería a lo mucho en un par de semanas. Ella siguió con su esfuerzo, soplando para sentir menos el peso del ejercicio. El run run de la bicicleta terminó por arrullar al señor Calderón, que se metió por fin entre las sábanas y suspiró. Al menos, ella no caminaría más como un espíritu por el cuarto. Durmió escuchando el girar de una llanta que no iría a ninguna parte.

***

Gracia parecía otra. Sentada en un sillón resplandecía, era un enorme capullo a punto de abrirse. Había redescubierto las mieles de las caricias que sus manos le podían proporcionar; pero la sensación tenía algo nuevo. Era una mano —la suya— que untaba aceites y cremas en la carne blanca. Eran masajes circulares, concéntricos, sobre sus muslos y nalgas. Era la intención de borrar las estrías, de desaparecer la carne lastimada, los hoyuelos en la piel blanda. Ahora era un Buda femenino de la suerte, un amuleto de carne; la misma placidez, el mismo vientre expuesto para ser sobado, la felicidad radiante.

Quería que los días se sucedieran sin sobresaltos. Tiempo al tiempo. Andrés Pereda llamaría. Para ella era normal la confusión, los sentimientos inflamados y poderosos, la imposibilidad de ponerse práctico en esos momentos. Por lo pronto, estaba convencida de que lo mejor sería abandonar las dietas; si una nueva vida se gestaba en su voluminoso vientre, no había que escatimarle cuidados. Como no estaba del todo enterada de cuáles eran los hábitos adecuados y las estrategias a seguir para con su propio cuerpo, variaba su alimentación según su estado de ánimo, así que la pérdida de peso era a cuenta gotas, un escurrimiento de carnes no muy perceptible, pero constante.

***

Andrés Pereda se reclinó en su sillón. Sobre su escritorio había un altero de papelitos y notas: había llamado tanta gente en su ausencia que se sentía agobiado tan sólo de mirar la pila. Sobre una hoja membretada, su secretaria había apuntado con letras grandes y redondas cuáles eran los pendientes más urgentes. Nada requería de su atención inmediata, pero tantas personas la solicitaban que sintió una leve nostalgia por la cama y los desconcertantes días de vómito ininterrumpido.

No había evidencias. Ninguna posible delación frente a sus pacientes, nada que revelara lo sucedido en esa plancha de auscultación. Tampoco algo para poner en tela de juicio su capacidad médica o su ética profesional, pero la simple visión de su consultorio lo estremeció, como si desconfiara de una posible indiscreción de los muebles, de la minuciosa descripción de fluidos y lenguas que las sillas harían ante un tribunal.

Pereda observó el espacio con mirada crítica. Había heredado ese sitio, no había sido arreglado según su gusto. No era que le desagradara. La secretaria regaba las plantas que estaban en pequeñas macetas junto a la ventana y una mujer asistía con regularidad a hacer la limpieza. La decoración era sencilla y a él le parecía elegante: pesados muebles de caoba, paredes blancas y lisas, grabados centenarios enmarcados con hoja de oro, gavetas metálicas; en resumidas cuentas, resultaba un lugar acogedor. Conforme miraba el sitio —reconociendo nuevamente una trinchera familiar—, Andrés Pereda volvió al orgasmo que lo conmocionó dentro del cuerpo convulso de Gracia. Recordaba vagamente cómo la había despedido: sin mucha cortesía, farfullando alguna excusa idiota, agobiado por una prisa imaginaria. Ante la ausencia de la gorda —ante el hueco inmenso de su ausencia—, se decidió a limpiar la cama de auscultación, el piso, la pared y el escritorio, lugares todos en los que habían dejado, al menos, una marca. Las secreciones de Gracia —y probablemente las suyas propias— habían sido tan abundantes y tan viscosas, que eliminarlas le pareció imposible.

Por su obsesión de limpiar el lugar a fondo para que no se notara en lo absoluto lo que ahí había ocurrido, Andrés Pereda pasó esa noche en un estado mesmérico. El tino le alcanzó para pensar en una alfombra sin manchas y en la importancia de ocultar su voluntad higiénica. Por eso cerró las persianas y apagó la luz, aunque a esa hora ya no había nadie que pudiera o tuviera interés en asomarse a su consultorio.

Su convalecencia se debía a los vómitos activados no sólo por el recuerdo, sino por la sesión de limpieza que había seguido. Primero frotó y frotó la alfombra con una toalla húmeda (movimientos idénticos y circulares); luego, se dedicó a rociar el suelo con líquidos desinfectantes y aromatizantes para ahogar el olor. Y así, de rodillas en el piso, con la intención de eliminarlo, volvió a aspirar ese olorcillo dulce de la entrepierna de Gracia. No necesitó luz para notar unos manchones blancuzcos sobre el cuero de la cama de auscultación. El olor hizo que se le erizara la piel, lamentó que en su boca no hubiera descansado el ávido sexo de la mujer. Muy lentamente el doctor Andrés Pereda se dedicó a lamer cada una de las partículas blanquecinas y espesas, parecidas al engrudo reseco, dispersas de un lado al otro de la cama.

"¡Dios Santo!", pensó Pereda, "cómo lubrica esta chica". Tenía la boca, la nariz, la frente y un mechón de pelo rígidos con la sustancia que había retornado a la viscosidad por la saliva aplicada. Pelusas de la alfombra se adhirieron a su lengua. No supo cómo terminó acostado, decidido a untarse el cuerpo con una mezcla de humores que llegó a impregnarle el traje, la cara, las manos.

Lo que sucedió después de limpiar y arreglar los desajustes que la pasión le había impuesto, hasta que llegó a su casa y comenzó a vomitar, pertenecía a un territorio confuso, brumoso, en el que se sentía, aún, hundido a medias. Miró su reloj. Su primer paciente llegaría en breves minutos. No lo quiso reconocer, pero sintió tristeza. Le habría gustado seguir pensando en Gracia. En tener sexo con ella, en no tener sexo con ella. Acostarse con Amalia era muy diferente, se dijo mientras veía los papeles amontonados a la espera de una respuesta. Era menos húmedo, sin estrépito: el sexo con Amalia era mucho más higiénico.

***

El club ya no era un refugio para él. Los pasillos, la alberca, la cafetería, todo le era ajeno. Un emplasto definitivo había cubierto el orificio de la pared en el vapor; nadie había abierto la boca ni en favor ni en contra. No, el club ya no era un lugar donde se pudiera sentir regocijado, sobre todo tomando en cuenta el poco tiempo que Gracia pasaba ahí. Además, su mujer seguía poseída por la locura y él sabía que le bastaba con pasearse un poco por las instalaciones para encontrársela.

Tal vez ella se había dado cuenta de que no era ya una jovencita. Estaba empeñada en lucir cada vez mejor; se mataba ejercitándose, masajeándose y mimándose de todas las maneras posibles. A lo mejor, pensó el señor Calderón ligeramente alarmado, incluso se trataba de un amante. Aunque si eso era, debía de ser uno muy malo; uno que no la requería, que de ninguna manera la tenía satisfecha.

Su pensamiento seguía semejante curso, cuando creyó sentir un golpe en la cara. ¿Y si Gracia no tenía un amante sino un *novio*?, ¿y si era por eso no se la veía en el club, que no se sabía más de ella? Tal vez planeaba irse a vivir con alguien o, peor aún, casarse. Miró en todas direcciones esperando encontrar al posible rival. No sabía si podría reconocerlo. ¿Cómo se vería el hombre de Gracia?, ¿qué características podría tener? No necesitaba preguntarle a quienes asistían al club —gente decente y pulcra, con esposas arregladas y secas— si les gustaría una mujer con el tamaño de Gracia. Las tormentosas mañanas de delicia en el baño de vapor al lado de otros hombres que buscaban ver, aunque fuera por unos minutos, la magnífica desnudez de las carnes abundantes, eran la respuesta más satisfactoria que podía tener.

Pero, ¿qué sucedería con su vida, con sus planes, si ella tenía un hombre? ¿Qué sería de él? El señor Calderón no quería pensar en vivir más tiempo al lado de su mujer y tampoco quería que su vida siguiera igual. Si su mujer se estaba acostando con otro, era posible que quisiera dejarlo antes de lo previsto y luchara por arrebatarle lo que a él tanto trabajo y padecimiento le había costado. Si ella quería largarse con otro hombre, buscaría al mejor abogado posible y pelearía como gata boca arriba para quedarse con la mayor parte de la fortuna, incluso con toda, dejándolo a él sin la oportunidad de ofrecer nada. Porque las mujeres maduras suelen conseguirse amantes jóvenes e inútiles, necesitados de cuidados y manutención, se dijo con seriedad. Por el contrario, si las cosas salían según su idea, tendría el tiempo suficiente para convencer a su mujer de separarse de común acuerdo; la llevaría a aceptar un trato en el que saliera bien librada, incluso más. Con eso dejaría en sus manos el tiempo para zambullirse en la conquista. Si las cosas salían bien, él podría vivir una juventud que se le había gastado tras un escritorio de caoba, en la tarea de acumular dinero. Bien mirado, era un escándalo lo que le estaba pasando a Beatriz.

***

La señora Juárez quería a sus sobrinos como si fueran sus hijos, o al menos eso creía ella, que no había podido engendrar uno. Especialmente quería a los hijos de su cuñada menor, sólo dos, que se habían encariñado con ella mucho más que cualquiera de los otros. Amalia era la más joven y, según la señora Juárez, era una chica adorable. Tenía los ojos redondos y grandes. No era muy alta, pero sí esbelta y fina, con movimientos delicados a fuerza de haberse sometido durante años a la disciplina del ballet clásico. Le partía el corazón pensar en ella.

Amalia llegaría pronto a la ciudad. Viajaba con cierta frecuencia debido a su trabajo. Su familia estaba orgullosa de ella, incluyendo a la señora Juárez, que apuntaba los méritos de su sobrina en su lista de éxitos personales. Siempre que Amalia salía, sin importar a dónde fuera, llevaba un regalo para los Juárez. Esta vez Amalia había salido del país, así que podía esperar un regalo caro, algún afeite precioso o una prenda imposible de conseguir en los centros comerciales aledaños al club.

¿Cómo se aproximaría ahora a Amalia, qué le diría? ¿Cuánta desfachatez necesitaba para verla a los ojos sabiendo? Naturalmente, Enriqueta le había retirado el habla a Pereda; aunque había pensado en confrontarlo, tuvo un momento de iluminación en el que decidió que Amalia manejaría las cosas mucho mejor. Si todo se convertía en un escándalo —pues su sobrina podía tener un temperamento incontrolable, *síseñor*— no iba a ser porque ella fuera con reclamos cuando no le correspondían. Incluso se había guardado de decírselo a su marido, que también quería muchísimo a Amalia y conocía a la perfección a Andrés Pereda. Queta Juárez se temía a sí misma y consideraba en riesgo ese secreto: temía explotar de rabia y hacer alguna locura. Le daba terror suponer que en el club se supiera la gravedad del cuerno pintado sobre la frente de Amalia.

Además de ella y los implicados, la única persona que sabía lo ocurrido en ausencia de Amalia era Beatriz Calderón. Enfurecida, irreconocible, Beatriz Calderón había jurado decirle a *todas* sus amigas y conocidas que Pereda embarazaba gordas. En un principio la señora Juárez sintió agradecimiento ante las muestras de indignación de

Beatriz, pero luego intuyó algo incómodo en esa actitud furibunda y envalentonada. Sin poder precisar qué le molestaba en la virulenta reacción de su amiga, Enriqueta sospechó que el asunto con Gracia no era, tal vez, lo más turbio de Andrés Pereda. Sintió la lengua pegajosa, sintió en los labios el sabor del odio incipiente. A la señora Calderón no le gustaba Gracia, se sentía repelida por ella; la despreciaba, la consideraba un fenómeno. Sin entender por qué, la señora Juárez se sintió incluida en ese desprecio.

***

No había parado. Llevaba una semana de trabajo continuo y sentía que era lo único que podía hacer. Andrés Pereda había tratado de atender a todos los pacientes que no había atendido durante su enfermedad, sin darse una tregua. Afortunadamente para él, su trabajo le permitía ausentarse unos días sin causar demasiados problemas. De hecho, ésa era una de las cosas en las que había pensado al elegir su especialidad, aunque no fuera precisamente médica. Pero no le importaba ya.

Pereda también había leído varios artículos científicos —un poco en contra de su costumbre—, en parte para ponerse al tanto con los adelantos de la medicina y en parte para expiar la enorme culpa que sentía. Hasta estaba escribiendo un pequeño ensayo y pensaba entregarlo a la revista interna del edificio de consultorios. Si quedaba bien, ese trabajo podía servirle para participar en un congreso, suponiendo que quisiera asistir a uno.

Llevaba unos días levantándose al alba y haciendo abdominales. Luego corría en el parque cercano a su casa, se duchaba y llegaba al consultorio con un nuevo estado de ánimo, limpio y a la expectativa. Sentado en el inodoro, mirándose los vellos que crecían ordenadamente en los dedos de sus pies, pensó en que Amalia llegaría en un día más. Estaba ansioso por verla: ella representaba una vida estable, un matrimonio cercano, hijos en un momento dado. Verla sería regresar a la vida antes de que Gracia apareciera y llenara su consultorio y su imaginación. Se repetía obsesivamente que estaría seguro y tranquilo en cuanto abrazara y besara a su novia, tan pronto la viera recoger pelusas imaginarias o fruncir el ceño ante un vaso fuera de lugar o una bastilla mal hecha. Andrés Pereda necesitaba que Amalia se hiciera cargo.

Era perfecta. No tenía estrías ni celulitis. Sus pechos eran firmes y sus pezones miraban al cielo. Tenía las caderas estrechas y su trasero no era de los mejores que el doctor había visto —o tocado—, pero tenía las carnes duras, uniformes y lisas. Olía sólo a perfume. Por primera vez, sumergido en una reflexión que no lo parecía, Andrés Pereda se preguntó por qué del cuerpo de Amalia no se desprendían olores naturales, por qué él no sentía ninguna exhalación si llegaban a acercarse sus caras o si hundía la nariz —muy rara vez, a ella no le gustaba— bajo el crespo y perfectamente depilado vello púbico. No había en ella ningún rastro de esos efluvios que ahora, tras la sesión de limpieza, le parecían tan sabrosos. Nunca había reparado en ese detalle. Amalia parecía no sudar, su cuerpo era un poco falso. Era como si se hubiese propuesto mantener su propio organismo bajo estricta observación y el más férreo control, y lo hubiera llegado a dominar a la perfección en calidad de objeto; como si sus fluidos dependieran de la voluntad.

Cuidaba, por ejemplo, el aliento: nunca acercaba mucho su cara a la de sus interlocutores, ni siquiera a la de él; cargaba con un desodorante bucal, un cepillo de dientes y una pasta que parecía abrasiva. Después de pensar en Amalia un buen rato, en sus costumbres y en su organismo, Andrés Pereda imaginó —sin saber por qué— un tejido conservado en formol.

Miró la fotografía que lo contemplaba sonriente desde el buró. La misma que había olvidado reconocer durante los días en que había pagado sus impulsos vomitando con el alma. Cuando Amalia llegara, Andrés Pereda la abrazaría y todo estaría bien; le haría el amor, la besaría, le diría que la había extrañado. Un ligero escalofrío lo recorrió. Hizo un rápido repaso mental de Amalia, de su cuerpo, de su cabello, de sus ojos verdes. La imaginó desnuda, apoyada sobre un brazo, invitándolo a meterse con ella entre las sábanas. La imagen no le gustó, más bien lo mareó ligeramente porque sintió que no volvería a acostarse con Amalia. No podría.

***

Aunque había jurado gritárselo al primero que pasara, no había dicho nada. Estaba callada esperando a que terminaran de hacerle la manicura; su manicurista personal le hablaba de su vida privada y de la de otras clientas mientras trozaba un pellejo por aquí, disminuía la cutícula por allá. En el salón de belleza estaban algunas de sus más viejas amigas y ella no iba a decirles ni una palabra. No hablaría, punto. Si se había aguantado las ganas de contárselo a su masajista, debería estar claro para el mundo —para sí misma, pues— que podía vivir guardando silencio un poco más de tiempo. Así que sonreía forzadamente mientras le limaban una uña medio quebrada o le exfoliaban innecesariamente la piel de las manos, de increíble suavidad.

Su silencio se debía, en parte, a que Enriqueta Juárez se lo había pedido y, aunque Queta nunca había merecido ni su respeto ni su admiración, debía admitir que le había dado razones convincentes para no divulgar la noticia. ¿Qué iban a pensar de ella si de pronto atacaba a quien había alabado? ¿Cómo la iban a tratar si se burlaba de él y de sus gustos? No, eso habría sido imperdonable. ¿Qué no había sido ella, Beatriz Calderón, quien había recomendado al doctor Pereda con al menos media docena de sus amigas? ¿Qué no estaban todas fascinadas con las pestañas del médico y su forma de aplicar el estetoscopio, entre inocente y sabedor?

Se consideraba una persona fina y elegante. Los chismes le parecían una bajeza. Las cosas malas que había que decir de la gente se tenían que decir discretamente, a la ligera, como quien no quiere la cosa. Se necesitaban comentarios casuales dirigidos a la gente indicada; detalles que parecieran insignificantes y cobraran peso únicamente en el contexto adecuado. Nada había de interesante o divertido en la información a bocajarro. Lo mejor era la reconstrucción agraciada de los hechos platicados a medias: el armado del rompecabezas, la suposición, la posibilidad de acertar con la simple sospecha. Esos comentarios ligeros, sin importancia, eran los que acababan con reputaciones, los que desenmascaraban a los farsantes. ¿Y qué era Pereda? ¿Qué más podía ser si había hecho lo que había hecho y esperaba, al mismo tiempo, palpar, tocar, recetar a las finas amigas de la señora Calderón?

Gracia podía tener muchísimo dinero, podía escupirlo, verlo florecer en el jardín, pero nadie con un cuerpo semejante —sus amigas no la dejarían mentir, la mayor parte de los hombres estaría de acuerdo con ella— podía ser considerado fino, elegante. No tenía una madera especial, le faltaba aristocracia. Las princesas, pensaba la señora Calderón, pudieron haber sido gordas en una época (muy remota, no sabía cuándo), pero ya no. Ahora, bien se veía en las revistas, eran altas, delgadas, de rasgos finos como los suyos.

"Lista", dijo la manicurista con satisfacción. La señora Calderón salió del salón de belleza revolviendo con las palmas abiertas el aire en torno a su cabeza.

***

A la diestra de Gracia languidecían una caja de mazapanes de almendra y un bote de trufas. Estaba recostada en un diván y de vez en cuando se chupaba los dedos, embarrados de chocolate. La pereza, el desencanto o la convicción de que no había en su casa ninguna auténtica golosina le impidieron pararse a rebuscar entre las gavetas de la cocina (su cuarto se había vaciado ya del arsenal de provisiones ricas en calorías). Se lamió la mano entera, su lengua larga y puntiaguda recorrió con paciencia incluso los bordes de las uñas. Pensó en Andrés y en el teléfono que no había sonado. Casi tuvo el impulso de moverse, desdoblar las piernas y buscar más chocolates. Pero no quería dañar al bebé o decepcionar a Pereda con su desobediencia.

A sus espaldas se veía el jardín. Un chopo, unos sauces y un viejo olmo sacudían las ramas. Algunas hojas se estamparon contra los ventanales y Gracia se sintió invadida por la nostalgia. Había enumerado sus prioridades, tomado determinaciones definitivas, pero nada se había concretado. Tenía una leve depresión. Primero, los sentimientos la arrojaron a consultar el periódico: buscaba con frenesí una casa para su nueva familia. Después, con una seriedad inusitada, se había dispuesto a estudiar una carrera: mandó pedir por correo planes de estudio y calendarios escolares; por fin dejaría atrás su calidad de obesa bachiller. Por último, decidió traer desde España ropa de maternidad, no sin solicitar previamente catálogos de distintas tiendas para comparar precios y calidad en el bordado.

Terminó de leer una novela más, pero no retuvo nada de la historia, ni recordó de qué trataba. Entró en un estado de desesperación y desasosiego; por un momento tuvo la certeza de estar equivocada en todas sus convicciones. Logró incorporarse —sus carnes temblaron un poco— para revisar su habitación. Levantó la mirada y contempló las hileras de ropa en su inmenso clóset. Todo estaba por tamaños y colores. Había sido atacada por la compulsión del orden. Miró sus zapatos: cientos de ellos acomodados a la perfección, como un batallón dispuesto a salir al ataque. La invadieron las ganas de ejercitarse. Cambió su ropa por algo más cómodo. Bajó las escaleras al trote y caminó con cierta agitación por entre las peonias del jardín. (Uno, dos, uno, dos, hop, hop, hop...) Pero a los veinte pasos le faltó el aliento y tuvo que sentarse en el pasto. Trató de alcanzarse la punta de los pies con los dedos, pero se rindió al primer intento y dejó que su cuerpo se tumbara, fláccido y con el inicio de un calambre. Entonces suspiró con tedio y lloró.

***

Aprobó que su esposa viera la televisión recostada. Hacía ya un tiempo que no la veía así. Tenía las piernas extendidas, las caderas lanzadas al frente y la mirada concentrada. Con los dedos se retorcía mechones de cabello. El ejercicio y los masajes la beneficiaban. Siempre había sido una mujer hermosa, pero ahora parecía más viva, palpitante. El señor Calderón pensó que, tal vez, el metabolismo de su mujer se había acelerado. La contempló a su gusto: ella no lo había escuchado entrar. El abundante pecho subía y bajaba con lentitud; miró las manos cuidadas y frágiles y las piernas elásticas que a él no le atraían. Había perdido peso y su delgadez era más evidente. Beatriz Calderón lo excitaba menos que nunca. Lo importante, se dijo, es verla tranquila.

Dejó a su mujer con un dedo activo sobre el control remoto y jugueteando con las puntas de su cabello. Caminó por la casa en busca de otros cambios: la evidencia final de la locura de ella o la garantía de que estaría sana todavía un poco más de tiempo. La bicicleta fija aún estaba ahí, pero el ejercitador de abdomen había desaparecido. Una buena señal. Se quitó el saco y la corbata antes de detenerse en seco: sobre la cama descansaban edredones, cojines y sábanas empacadas en plástico radiante. ¿Era una señal benéfica o había malignidad ahí? Se acercó para recibir en la nariz el olor a nuevo y para descubrir el diminuto patrón floreado que estampaba las sábanas claras. En el baño encontró toallas nuevas. ¿Qué significaba? ¿Era un gasto hecho para descontrolarlo, para advertirle, para acabarse su dinero? Se removió intranquilo en un sillón. Había dejado de ejercitarse como una loca, pero estaba redecorando la casa. No podía recordar con precisión hacía cuánto tiempo que no la remodelaban. La última vez él ya no había tomado parte. Beatriz se había hecho cargo (aquella vez también enfurecida por alguna razón misteriosa) y él había tenido que pagar y pagar y pagar: nuevos plafones, pisapapeles de Murano, alfombras marroquíes y persianas *chick* de Bombay para la cocina (a él lo obligaba a traer persianas que no quería y alfombras de precio excesivo, *a él*); antigüedades de La Plata y artesanías por encargo.

La ropa de cama, los cojines y las toallas difícilmente calificaban como remodelación, pero podían anunciar una. Si así era, estaba claro que la tensa tregua matrimonial estaba por ceder a la batalla. Silenciosamente se asomó de nueva cuenta al cuarto de la televisión. Beatriz, tumbada en el sofá, seguía retorciéndose las puntas del cabello, con la mirada clavada en el televisor.

***

Andrés Pereda se estremeció. Mantuvo la mirada fija en la pluma que sostenía entre las manos y apretó la quijada. La había visto pasar por la ventana y no sabía qué hacer. La vergüenza le impidió suplicarle a la secretaria que no la dejara entrar. Nunca había rechazado a nadie, nunca había discriminado a nadie. Ni siquiera sabía cómo hacerlo. No había una forma decente de hablar con ella, ni la menor posibilidad de comportarse de forma caballerosa en su presencia. Tampoco había manera de hacer que su secretaria comprendiera ese rechazo, su imposibilidad para atenderla: nadie sabía qué había pasado y nadie debía saberlo. Andrés Pereda no tenía la imaginación suficiente para encontrar un pretexto satisfactorio para rechazarla de forma definitiva. Y tampoco estaba seguro de querer hacerlo.

No sabía qué esperar de ella. Tal vez lo demandaría por haberle hecho lo que le había hecho. Tal vez no. Posiblemente lo chantajearía; no la conocía. En la plancha parecía contenta, satisfecha, pero eso no era suficiente garantía. Pensar que a Gracia le había gustado menearse con él ahí, en la cama de auscultación, lo regresó a los mareos. Y esa noche llegaba Amalia. Iría al aeropuerto a recogerla. No podía, por ninguna razón, llegar tarde, alterado o de malas.

No tuvo la fuerza para presionar el botón del conmutador. Lo vio brillar y escuchó el timbrazo que indicaba a alguien buscándolo. Levantó el auricular y preguntó con voz tímida, "¿Sí?" La señorita Peniche estaba ahí, era urgente. "Antes que nada", dijo Pereda, inusualmente descortés, "tráigame unas pastillas para el mareo, un vaso con agua y una cajetilla de cigarros". La secretaria cumplió con lo que se le había encargado, pero Andrés Pereda no se sintió conforme y tuvo que tallarse las manos para quitarles un sudorcito frío.

"¿La paso?", preguntó la secretaria de pie junto a la puerta entreabierta. Andrés Pereda no contestó. "Creo que tiene urgencia, ¿la paso?" Tuvo ganas de decirle que si Gracia se sentía mal eso no era nada comparado con lo que él sentía. Temió otro ataque de vómito. Se controló y se alisó el cabello. Debía ser valiente y afrontar lo que viniera. Su secretaria lo contemplaba fijamente balanceándose de un lado al otro junto al vano de la puerta. También debía cuidarse ante su personal. "Pásela", dijo finalmente, antes de volverse a mirar por la ventana.

***

Beatriz Calderón estaba resuelta a no sufrir más decepciones de los hombres. Si se ponía melancólica y hasta cursi y le daba por analizar su vida entera, descubriría sin asombro que, salvo sus hijos, que aún eran muy jóvenes, los hombres de su existencia le habían fallado. "No he sabido escoger, no he tomado buenas decisiones", decía lamentándose, tumbada en un sofá mullido, recibiendo la tibieza del sol del mediodía que entraba por la ventana. Atrás de ella había un inmenso ventanal y detrás crecían en ordenados macizos plantas de hojas inmensas, de flores coloridas, de pequeños bulbos parecidos a frutas, de ramas elegantes y largas.

Reconfortada por la sensación que le proporcionaba el sol, decidió salir al jardín. Se acostó en una tumbona. No traía medias ni zapatos y su vestido era ligero y amplio. Como nadie estaba cerca del lugar, se levantó la falda. Sus muslos quedaron al descubierto. Desabotonó la parte superior de la prenda, liberó sus hombros y una parte de sus pechos. "No debería hacer esto", se dijo en voz baja y cerró los ojos dejando que los rayos benéficos acariciaran su piel. "Tendría que ir al club y ponerme un traje de baño, recostarme junto a la alberca", murmuró. Pero no se movió. Se quedó con la mitad de los pechos de fuera y las piernas completamente al aire, los ojos cerrados y las manos quietas sobre la tela de la tumbona. Sabía que en cualquier momento podría llegar alguno de los empleados domésticos y observarla.

El calor comenzó a inquietarla y, víctima de un impulso descuidado, deslizó una mano entre sus piernas. Recordaba haberlo hecho muchísimo tiempo atrás. Ahora le correspondía a ella sola eso que Pereda no había hecho, que ni siquiera había sugerido. Ningún hombre la había hecho sentir una verdadera mujer. Las cosas iban a cambiar, ella iba a cambiar. Dejó que su mano trabajara: un gemido se escapó de entre sus hermosos y cuidados labios.

***

El señor Calderón se sentía satisfecho. No sabía si, con la cabeza tan atolondrada como la tenía, llegaría a concluir su trabajo. Cerró una carpeta de cuero y cruzó las manos sobre ella. Era un día espléndido. Tal vez era un día igual a otros que habían pasado, pero antes le había resultado imposible apreciarlos. El cielo estaba despejado, apenas se alcanzaban a distinguir unas nubes blancas a lo lejos. La luz que entraba por la ventana le pareció reparadora y le hizo sentir ganas de recostarse en una de las tumbonas que había en el jardín de su casa, pedir un coctel y bebérselo mientras leía el periódico. Pero no podía, había cosas en la oficina que exigían su presencia; sobre todo considerando que los últimos días no había estado concentrado. Las persianas, los tapetes y las alfombras no se vendían solos y no confiaba lo suficiente en sus empleados; sabía que perderían oportunidades, no regatearían con fuerza.

Después de semanas de confusión, el señor Calderón lo tenía todo ordenado. Comenzó con un recuento de sus posesiones. Elaboró un testamento, nombró herederos universales a sus hijos en partes iguales. Los asuntos delicados ocuparon el último sitio en su lista de prioridades; deseaba darse tiempo para aclarar la mente y despejar los miedos. Escribió, en su pobre español, una serie de cartas a su mujer. Planeaba cada una para que se adecuara a algún escenario posible: ella lo dejaba por otro, él la dejaba por otra, los dos decidían separarse por la buena, por así más convenir a sus intereses. En ellas hacía honor a sus años juntos, pero no se extendía demasiado en detalles innecesarios.

De acuerdo con el primer esquema, Beatriz Calderón no recibía nada o casi nada. En el segundo, recibía más de lo que, a juicio del señor Calderón, merecía. La última de las posibilidades era la más conveniente: la casa y los coches, algunos muebles, joyas, una cuenta, una pensión fija. Según se resolvieran las cosas, la carta sería entregada tanto a su mujer como a los abogados de ambos. No tendría que ensuciarse las manos. Miró la carpeta cerrada y sonrió. No podía fallar, nada podía salir mal. Se acercó a la ventana para que el sol iluminara su cara.

***

Carraspeando, sin levantar mucho la mirada, Andrés Pereda saludó a Gracia. Mientras ella se sentaba en un banquillo —sus nalgas no entraban en las sillas de delicada madera y brazos frágiles— él evitaba mirarla. No la recordaba así. No se acordaba de su inmensidad. Tampoco se acordaba del color de su piel ni de su impresionante melena. Recordaba, eso sí, el perfume que ella usaba: lo había perseguido por días. La escuchó suspirar. Golpeó con los nudillos el robusto escritorio, se llevó un lápiz a la boca y lo mordió. Miró unas notas de papel que tenían impreso un calendario y quitó con la uña de su índice una basurita incrustada en la primera. Se agachó para sacar de uno de los cajones de su escritorio el expediente de Gracia. Oculto tras su escritorio, el fólder en una mano y la otra moviéndose a prisa, en una búsqueda inútil, Pereda esperó que le llegara la inspiración que lo salvara de sus propios recuerdos. No fue así.

Ella se revolvió en el asiento. Su agitación exhaló una oleada de perfume. Él escuchó las pulseras que tintinearon y tragó saliva con dificultad. Le hubiera gustado permanecer agachado y así, a gatas, salir del consultorio. Por un momento lo pensó seriamente: había estado enfermo, podía argumentar una náusea impostergable. Pero supo que si la esquivaba en esos momentos, la volvería a ver otro día, ya con Amalia cerca, y las cosas podrían salir peor. Se enderezó fingiendo leer, sin quitarle la mirada al expediente, como si no supiera quién era ella. Gracia lo miraba expectante. No tuvo más remedio que levantar los ojos, no quería ser juzgado por evitar contacto visual. Miró primero las mejillas, saludables y rosadas, y las notó enrojecer con cierta discreción. Miró los labios, que se curvaron hacia arriba, y finalmente los ojos.

Resistió el primer embate. Triunfal, se paró junto al estante con su equipo médico y tomó el estetoscopio, lo colgó alrededor de su cuello y caminó con felicidad a su asiento. Alcanzó una pluma y con su perfecta caligrafía —tal vez un poquito temblorosa— escribió la fecha y la hora sobre el expediente. "¿Cómo se ha sentido?", preguntó, y sintió de inmediato el desplome de sus defensas, sorprendido de su pregunta y de la formalidad que empleaba con ella, precisamente con ella.

Pero el tono no sobresaltó a Gracia. "Nunca mejor." Andrés Pereda tenía todos los sentidos en alerta, esperando lo peor, y la respuesta lo desconcertó. Eso podía significar muchas cosas y él prefirió no tomarse la molestia —o la angustia— de pensar en los posibles significados. Asintió y clavó de nuevo la mirada en el expediente. No supo qué más hacer. Si se sentía tan bien, ¿por qué lo visitaba? Le indicó a Gracia que tomara asiento en la plancha de auscultación. Todo su empeño estaba enfocado en no evidenciar nerviosismo.

Siguió el procedimiento de una visita rutinaria. Con un abatelenguas revisó la garganta profunda de Gracia y su lengua húmeda; hurgó el interior de sus oídos y escudriñó en sus pupilas. Le tocó con paciencia los ganglios, tomó su pulso y escuchó su corazón palpitar. Le pidió que tosiera. ("Respire por la boca tomando mucho aire, así.") Una vez más, el doctor Pereda confirmó que estaba frente a una mujer sana.

"¿Cómo va ese vientre?", preguntó, refiriéndose a los padecimientos gástricos de Gracia. "De maravilla", contestó ella acariciándose significativamente. Pereda no supo interpretar el gesto. "Veámoslo", dijo él, haciendo que Gracia se recostara. Sumió sus dedos de la manera acostumbrada, formando una paleta. Presionó y escuchó con el estetoscopio. Los gases antes acumulados en esa zona parecían haber cedido. Tampoco notaba inflamación ni parecía que a ella le doliera con la presión. Y era evidente que Gracia había perdido peso (no mucho, honestamente). Andrés Pereda no pudo más que sentirse orgulloso. Creyó que había recuperado para el planeta la salud de Gracia. Que le había enseñado el camino correcto.

Una vez terminada la revisión de rutina, se sintió envalentonado por las mejoras que notaba y porque ella no hubiera dicho una palabra de lo ocurrido. Le solicitó pararse en la báscula. Pensaba pesarla y medirla. Ella obedeció. Él fue por el expediente para apuntar la diferencia de peso que encontraba y al voltear de nueva cuenta hacia la báscula vio una figura sin blusa, con los pechos flotando en el aire. Pereda se tropezó con sus propios pies; quería cubrirla y sólo atinó a darse con la mesa en un codo. "¿Qué hace?", le dijo en voz baja, con tono regañón. Ella puso cara inocente y sonrió. Señaló hacia los números que indicaba la báscula y dijo: "La ropa aumenta de peso. Yo quería que usted notara todo lo que he bajado". Pereda buscó una de las batas que —lo sabía— no cubrirían ese cuerpo. La acercó a ella formando una pantalla que lo protegiera de esa carne.

Se enfrentó a unos ojos que lo miraban fijamente. Parecía divertida, tal vez enternecida. "Esto no puede pasarme a mí", pensó Pereda, y sus pestañas rizadas se humedecieron. La secretaria podía entrar en cualquier momento, desde la ventana podía distinguirse la figura de Gracia desnuda y él no quería ni pensar lo que sucedería si un colega se asomaba. Haciendo un gran esfuerzo, Andrés Pereda se fue acercando a ella con la mirada hacia otro lado y los brazos rígidos y extendidos. Pensó que con dos o tres pasos se acercaría lo suficiente para cubrirla. De repente la sintió y con las manos trató de rodear lo que creyó que eran los hombros. Se equivocaba: en sus manos estaban, una vez más, los pesados senos de Gracia. "No puede ser, no puede ser", se dijo apretando las quijadas y moviendo un poquito más las manos sobre los pechos, apretando los pezones, "esto no puede seguir".

El doctor Pereda tuvo una erección. Al sentir su pene firme huyó al otro lado del consultorio. "¡Cúbrase, cúbrase por Dios!", le dijo mientras se sentaba en su sillón. Ella lo miraba sorprendida y sonriente. Se puso su blusa, se bajó de la báscula y volvió a sentarse en el banquillo. Él se cubría la cara con las manos y por un momento Gracia pensó que estaba llorando. No era así, estaba haciendo respiraciones profundas para poner en orden su mente y hacer desaparecer la erección que se esponjaba bajo la bata. Ella lo contemplaba atónita.

"Lo siento, señorita Peniche, no volverá a suceder. De verdad lo lamento", dijo ya recuperado. "No se preocupe. Le repito que no volverá a suceder. De hecho, usted y yo no debemos vernos más. Lamento lo sucedido. Lo lamento mucho. Aquí le apunto los datos de otro médico que podrá ayudarla, no se preocupe. Es un doctor eminentísimo... No volverá a ocurrir", dijo, más para convencerse a sí mismo, mientras garabateaba en una hoja los datos de un conocido que la atendería sin hacer el menor aspaviento. Cuando le entregó el papelito con los datos, ella sacudió la cabeza. "Pero...", dijo, mirando las letras escritas con el ceño fruncido, "no entiendo...". Arrugó el escrito ante la mirada perpleja de Pereda y le sonrió. Él sonrió sin remedio, pero una punzada en su garganta sugirió lo que seguiría: "Ay, Andrés, vengo a darte una estupenda noticia". El doctor Pereda se acomodó bien en el asiento y se aferró a los brazos de su sillón, preparado para un aterrizaje forzoso. "Vamos a tener un hijo", dijo Gracia, poniéndose de pie.

***

Beatriz Calderón estaba segura de que los astros se iban a inclinar en su favor. Ni siquiera tenía que ir a que le leyeran de nueva cuenta el tarot, ni a fotografiarse el aura, ni necesitaba que le dijeran que se veía muy bien. Algo dentro de ella se lo decía, algo que la tenía alerta y tranquila a un mismo tiempo; se sentía luminiscente, como si las emanaciones radiantes de su piel fueran la prueba de que las cosas iban a cambiar. Lo había sentido tiempo atrás, pero ahora, después de lo ocurrido, estaba segura.

En primer lugar se olvidaría del señor Calderón. No lo toleraba. Le parecía insulso, bobo, incapaz de hacerle frente a las cosas. Era un tipo pagado de sí mismo hasta el hartazgo. Ya ni siquiera lo consideraba guapo. Lo conocía demasiado bien. Sabía a qué hora iba al baño, escuchaba sus quejidos a la hora de sentarse en el excusado (advertía el poco control que tenía sobre su estómago) y los suspiros cuando descargaba su vejiga; reconocía sin dificultad el momento en el que se metía a bañar después de masturbarse. Le molestaba esa pretensión de hombre limpio y meticuloso, porque ella sabía dónde guardaba unas revistas manoseadas y sucias y en lo que pensaba todo el tiempo. Siempre había querido decirle "Mi amor, tus revistas pringadas y llenas de tetas se deshojaron y la sirvienta no supo qué hacer con las páginas dispersas, ¿sugieres algo?", para que él no llegara a exigir que limpiaran su escritorio o a quejarse porque una camisa no estaba bien planchada, a amargarles la vida a todos porque imaginaba olor a huevo en un vaso limpio.

A Beatriz Calderón le daban ganas de ensuciar ella misma las cosas de su marido. Todo en él la molestaba y estaba harta de que, además, la hubiera igualado en ganas de pasar el tiempo en el club deportivo. Ella era tan feliz ahí, los profesores e instructores eran tan atentos con ella, el agua de la alberca estaba siempre a una temperatura ideal y conocía a tanta gente, que no podía entender qué encontraba ahí su marido, opuesto a ella en todo. Y luego estaba esa escena en los baños. Había decidido no esperar la cura del señor Calderón y tampoco iba a quedarse encerrada, tirando su vida a la basura, aguardando que el cuerpo se le echara a perder, que las carnes se le aflojaran, que sus pechos decayeran, vencidos. Todo acabaría pronto: las manías del señor Calderón —para ella Alberto, pronunciado con el mismo tono condescendiente que emplean las maestras del preescolar cuando están hartas de repetir una instrucción—, la necesidad de soportar su mano en una reunión o la falsedad en el cariño de sus atenciones, la angustia al pensar que él llegaría a la casa y pondría de mal humor a la servidumbre. Todo eso desaparecería, menos el dinero. Beatriz Calderón estaba pensando en divorciarse a la mala.

***

Amalia tenía una cara acomodaticia. Andrés Pereda lo había notado poco después de hacerse su novio. Por esa época le había presentado a unos parientes que no le gustaban, pero que le resultaban necesarios para el trabajo: le proporcionaban contactos. Habló de ellos antes de la presentación en un tono frío y despectivo. Se refirió a sus gustos y hábitos con la impaciencia de una institutriz frente a niños poco agraciados. Ese rostro, sin embargo, se suavizó y hasta pareció cariñoso cuando estuvieron delante de los parientes. No parecía estar actuando; nada en sus movimientos, en su cara, denotaba incomodidad. A nadie se le hubiera ocurrido pensar que a Amalia la decoración le parecía de mal gusto, que sentía un olor desagradable en la sala o que detestaba las pastas que le ofrecían para acompañar el café. Se movía con soltura y prodigaba descuidadamente cariño, atenciones y sonrisas. Pereda la veía azorado detrás de su taza de café. Por eso, cuando la vio parada —la mirada puesta en su reloj de pulsera o buscando, con un gesto hosco, un rostro familiar entre la multitud—, no supo a qué atenerse.

El asunto con Gracia lo había retrasado. No excesivamente, aunque a él le habría gustado estar ahí antes de que el vuelo llegara para no pensar en otra cosa que no fuera Amalia. Pero ella se había adelantado otra vez. Pereda sintió que siempre iría unos pasos detrás: ella era más simpática, más hábil para contestar, tenía más encanto. Su apariencia era impecable, perfecta, y a Andrés Pereda le pesaba su propia imperfección.

Corrió hacia ella y se le acercó por la espalda. Al menos le daría una sorpresa. La levantó en vilo y la sostuvo en el aire unos segundos, girando. Aprovechó la confusión para darle un beso en la boca y apretarla contra su cuerpo. El rostro de Amalia estaba tranquilo y sonriente cuando él la depositó en el piso. No había señas de enfado.

"Pensé que llegarías antes", dijo ella, rodeándole el cuello con los brazos. A Pereda le habría gustado zafarse de ese abrazo, pero no se atrevió. "El tráfico", dijo ensayando un cliché difícilmente cuestionable en una ciudad como esa. "Hice lo que pude por llegar temprano", añadió, tomándola con una mano mientras la otra se arriesgaba arrastrando el peso de una maleta pesadísima. No mentía. Ella recargó la cabeza en su hombro mientras andaban por uno de los pasillos del aeropuerto. "Pareces cansado", susurró Amalia. Con gusto, Andrés Pereda se habría confesado ahí mismo. "Ha sido un día muy pesado", contestó y, de nuevo, decía la verdad.

***

Gracia lloraba en silencio. No hacía ningún aspaviento y si alguien hubiera entrado a su habitación en ese momento, habría salido suponiendo que meditaba. Su gran cuerpo estaba al centro de la monumental cama, las piernas cruzadas casi en flor del loto, los brazos a los lados. Tenía el pelo suelto y unos mechones cubrían su cara. Tenía los ojos cerrados y la boca fruncida en un puchero infantil. Diminutas lágrimas rodaban por sus mejillas y, de cuando en cuando, un sollozo la sacudía. Por su mente no pasaba nada, parecía que se le hubiera borrado la memoria o que acabara de nacer: sin comprender nada y sin que nada le interesara.

Andrés Pereda era el habitante privilegiado de su corazón y el dolor de no tenerlo era casi físico. Sentía su pulso débil y creyó que si se levantaba podía desmayarse o morir, pero guardaba una ligera esperanza. Gracia comenzó a balancearse hacia adelante y hacia atrás. El peso de su cuerpo sumía la cama en ondas violentas y desiguales. Estaba toda vestida de blanco. Parecía más una mujer poseída por los espíritus, un cúmulo de almas en pena, que una persona afligida. Miró su imagen en el espejo y notó que el escurrimiento constante de sus lágrimas desfiguraba los objetos y alteraba su visión. Llevaba llorando toda la tarde y no se le habían terminado ni las ganas de llorar ni la tristeza.

Contuvo con valentía el llanto en presencia de Andrés Pereda. Tenía miedo de la reacción que pudiera desatar. Él no la había maltratado, pero su gesto al escuchar la noticia fue suficiente descalabro. Nunca supuso que Pereda la hubiera utilizado como muñeca de placer y seguía pareciéndole imposible que un hombre tan maravilloso fuera un puro vividor. Pero así eran las cosas; no se parecían a sus novelitas o, a lo mejor, se parecían mucho más de lo que había supuesto. Pereda sólo quería acostarse con ella. Sexo sin amor.

"Esto no puede pasarme a mí", había dicho Pereda, "¿por qué?" A pesar de la profunda inquietud y del vacío en el fondo de su estómago, Gracia hizo un esfuerzo por mantenerse erguida y fresca. "Esto" sonaba a desprecio. Cuando Pereda empezó a sobarse la cabeza con las manos, sus ilusiones se derrumbaron finalmente. Pensó que él trabajaba en una artimaña para deshacerse de ella, para hacerla sentir rechazada y utilizada. Aunque la palabra "amor" nunca había aparecido en las pláticas entre ellos, aunque Gracia sabía que Pereda no utilizaría esa palabra para dirigirse a ella, sintió durante un tiempo el poder benéfico del cariño profundo. Incluso cuando él habló de una novia, cuando su gesto —sus manos en el aire, la mirada vacía— habló por él, Gracia sintió el peso cercano del amor flotando. Luego Andrés vomitó en el bote de la basura.

Al llegar a su casa telefoneó a la señora Enriqueta Juárez y le entregó su versión de los acontecimientos. La señora Juárez fue comprensiva y cariñosa, por lo que Gracia se animó a contarle la existencia de la novia. El silencio del otro lado de la bocina la hizo temblar. "¡Ay, niña!", le dijo Queta Juárez, "es que tú no quieres ver las cosas. Tienes una venda en los ojos. Miles de veces traté de decírtelo: Andrés Pereda está comprometido para casarse con Amalia, mi sobrina".

***

La señora Juárez recibió a Amalia con los brazos abiertos. La veía mejor que nunca; más guapa, más lista. El olor de un café *gourmet* llenó la casa. Para Queta Juárez unas galletas caseras eran lo menos que podía ofrecerle. Había dedicado las primeras horas de la tarde a amasar y hornear, poniendo como lazos de cochino a las sirvientas y la cocinera cada vez que trataban de ayudarla. Ahora, el olor dulzón de la mantequilla con azúcar le impregnaba la piel. Hubiera querido que el tiempo le alcanzara para más, pero supuso que unas galletitas serían suficientes. Eso y un peinado decoroso y una casa en perfecto orden.

Amalia fue puntual. Traía en los brazos dos grandes paquetes y su sombra arrastraba a la figura inconforme de Andrés Pereda. A la señora Juárez le llegó el desconcierto con mayor prontitud de la que había supuesto y no supo cómo comportarse con él; evitó mirarlo a los ojos, balbuceó algunas tonterías relacionadas con las galletas y desapareció en la cocina.

Frente a ellos, después de la efusividad y de unas cuantas mordidas a las galletas, la señora Juárez se sintió profundamente conmovida. Abrió su regalo. Amalia se había volado la barda: dos blusas de seda y una *pashmina* sonreían desde el fondo de la caja, entre colorido papel de China. Agradeció sin levantarse de su sitio, con un gesto que quiso ser elocuente y feliz; sabía que su sobrina no era muy afecta a los abrazos y los besos. Amalia empezó a platicar del viaje, de su trabajo y del éxito que había tenido en el extranjero. Habló de un bar donde había conocido a un escritor famoso y de un restaurante en el que había tenido el honor ("Bueh, 'el honor' fue de los dos, por supuesto") de cenar con un actor que gozaba de gran reconocimiento, cuya más reciente película estaba por llegar con estruendo a la cartelera de las capitales famosas del mundo. Contó con detalle lo que exponían los aparadores de las tiendas en las calles principales y de la velocidad supersónica de los trenes en los que había viajado. Mientras Amalia hablaba, Andrés Pereda guardaba silencio y sorbía café. De vez en cuando, la mano de ella se estiraba para rozar con sus dedos los de él. A veces, él se movía para acariciarla apenas en un muslo o en la espalda.

La señora Juárez olvidó por un instante a Gracia. El relato la tenía absorta. Pero fue no más que una distracción momentánea, porque el recuerdo de lo sucedido le llegó de golpe. Casi en llanto, Gracia le había contado la escena en el consultorio. Y algo se habría callado, algo íntimo, algo terrible. La señora Juárez se sorprendió de su sagacidad y siguió contemplando a la pareja. Pereda no tuvo empacho en abordar el tema de su próximo matrimonio con Amalia. A aquélla le decía eso y la dejaba embarazada y a ésta le sobaba la espalda, prometiéndole mentiras, en tanto la otra lloraba. La señora Juárez no estaba dispuesta a permitir que Pereda siguiera engañando a su sobrina, pero entendía que no era ni el lugar ni el momento para desenmascarar a nadie. Decidió, sin embargo, darle a Pereda un indicio de que ella *sabía*. Se olvidó de su inicial desconcierto y miró con febril detenimiento los ojos del doctor durante el resto de la visita.

***

Un olor raro alcanzó al señor Calderón. Su casa siempre olía a fresco. Todas las mañanas, después de que él se retiraba para ir al trabajo, las ventanas de la casa se abrían para que entrara el aire limpio y quitara la pesadez que la noche dejaba en los muebles y en las habitaciones. Era imposible determinar claramente ese olor: podía ser a descuido, a desgano de ventilar. Pero podía oler a algo más.

Contra su costumbre a esas horas de la noche, el señor Calderón se dirigió hacia la cocina y se asomó para verificar que no se escapara el gas de una hornilla. Los quemadores estaban apagados y ahí no flotaba el tufo que impregnaba la entrada de la casa. El señor Calderón se dirigió a la sala y encendió una luz. Nada. Se acercó a los pesados muebles de madera labrada —antiguos y hermosos— que reposaban a la entrada de la sala. Eran joyas de ebanistería que se había apresurado a sacar de casa de su abuela cuando el cuerpo anciano todavía no se terminaba de enfriar. La certeza de que nadie los apreciaría en su justa medida fue suficiente para no sentir el menor remordimiento y para no pagar por ellos.

Olisqueó un armario y abrió su puerta. Nada. No olía mal en lo absoluto, si acaso conservaba algún vapor de naftalina. Cruzó la sala y abrió la puerta que daba al jardín. Tampoco. El olor no venía de la planta baja. El señor

Calderón subió corriendo las escaleras, el olor ahora se le antojaba a quemado, y la posibilidad de un incendio lo puso nervioso. El baño del pasillo y el cuarto de invitados tampoco olían a quemado. Apretó el paso y llegó a su habitación. De ahí venía el olor. No había nadie en el *hall* de la entrada y nadie estaba dentro del cuarto. En el baño fue más intenso. Notó en la penumbra un par de veladoras encendidas y una vela que parecía un espiral interminable. Las flamas parpadearon cuando atravesó la puerta. Una luz roja llamó su atención. Se inclinó sobre ella y tosió con violencia. El incienso le producía alergia. Se miró en el amplio espejo. Escandalizado, descubrió una figura atroz sobre su imagen. Beatriz Calderón estaba en ropa interior, sentada sobre el excusado, con el bote de basura a sus pies, quemando fotografías.

El señor Calderón, horrorizado, hizo un cuenco con las manos, lo llenó de agua y se dispuso a apagar ese incendio. Pero el agua se escurrió por entre sus dedos mojándole los pantalones. Ella no se movió. Tenía un encendedor en la mano y junto a sus muslos una cajita de cerillos. Las fotografías lanzaban destellos con la tenue luz de las velas y crujían cuando les aplicaba fuego. No se consumían rápido. Sufrían un procedimiento lento que la señora Calderón supervisaba metódicamente. Con paciencia de monomaniaca esperaba a que buena parte de la foto se hubiera abrasado; cuando quedaba una esquina apenas y el fuego estaba cerca de sus dedos, la agitaba vigorosamente y le soplaba. Después la arrojaba al bote de basura.

Junto al excusado, sobre el piso, había tres gruesos álbumes. Dos de ellos estaban cerrados. El señor Calderón se arrojó sobre las tapas de cuero. Ella impidió el movimiento con una pierna, su pie desnudo presionó con fuerza el abdomen que se inclinaba para recogerlos. Al hacerlo, unas fotografías que estaban sobre su regazo cayeron al piso. Él les puso un zapato encima para impedir que ella pudiera agarrarlas. No se dijo una palabra. Lo único que se escuchaba eran los resoplidos que surgían desde el odio silencioso de sus corazones, incubado durante años. Finalmente el señor Calderón rescató los dos tomos. Los abrazó contra su cuerpo y no los soltó. Para apoderarse de ellos, empujó a su mujer con violencia y la vio caer al piso. Ahora estaba tirada sobre el mosaico. El humo que todavía salía del bote de basura la cubrió por un momento. Recompuesta, se asomó al interior, revisó los vestigios del fuego y sonrió. Con velocidad arrojó más fotografías dentro. Un humo blanco y espeso llenó el cuarto. El señor Calderón se sentó sobre el lavabo y puso los álbumes bajo sus nalgas; llenó con agua el vaso para hacer gárgaras y la lanzó para que cayera en el basurero. Tenía mal tino: Beatriz Calderón soportó con estoicismo el agua fría. Lo miró retadora. ¿No pensaba liberar los álbumes? Muy bien. Le sonrió con maldad. Se acercó a él. Estiró su mano y prendió el encendedor. Pronto el trasero del señor Calderón se entibiaba. Agarró el brazo de su mujer y lo puso en alto. "Estás loca", le dijo en voz baja, como si fuera un secreto que no debiera abandonar el baño. Ella se rió, echó la cabeza hacia atrás y se sentó en el retrete sin dejar de mirarlo a los ojos. "¿Qué es esto?", preguntó él. Beatriz Calderón no contestó. Sólo la locura, dijo él, explicaría un acto de esa naturaleza. No quemaba papel, ni siquiera fotografías, sino el pasado. "Lo sé", dijo ella con seriedad. Él arqueó las cejas fingiendo imbecilidad. Supo que la señora Calderón se le había adelantado. "Me quiero divorciar", dijo ella, la boca fruncida con desprecio, el cuerpo firme, los pezones destacados contra el brasier húmedo.

***

La cita era a las cinco de la tarde. Hacía un viento frío. Como la señora Juárez no llevaba paraguas, miraba el cielo con preocupación. Se dirigió a la cafetería apresurando el paso. Llevaba un par de minutos de retraso, pero no creía que hubiera problema. La cafetería era un sitio elegante y afrancesado. Había candiles con pequeñas gotas de vidrio que emitían destellos multicolores. Olía a alfombra nueva. La temperatura artificial había logrado un ambiente propicio para la asfixia. Un hombre con uniforme escarlata le quitó el abrigo y le dio una fichita para que lo recogiera después. Otro hombre vestido de idéntica manera la condujo hasta la mesa donde Gracia esperaba. Su mirada viajó por entre fuentes y fuentes de pastelillos, golosinas, galletas y panes desplegados frente a la gorda. Provisiones para toda una semana la contemplaban a su vez: botes de mermelada o compota, mantequillas de colores, jarras humeantes de aroma tentador, galletas, gelatinas, pasteles, budines.

Miró a Gracia con recelo. Estaba demacrada, la tristeza en su rostro era evidente. "Esto no te hará bien, cariño; créemelo", dijo la señora Juárez señalando la mesa repleta de comida. La gorda hizo un ademán con la mano indicando que eso era lo de menos. La señora Juárez notó algo distinto en la actitud de la otra, algo que no pudo definir. "No es bueno para el bebé", insistió la señora Juárez mientras Gracia sorbía una taza llena de chocolate espeso, se encogía de hombros y explicaba con tranquilidad: "¿Qué? ¿Esto? No me lo pienso comer todo". (Cejas expectantes.) "Estoy esperando un antojo para entonces comer." La señora Juárez esforzó una sonrisa.

"Cuéntamelo todo", dijo después de un silencio incómodo. Gracia hizo un mohín de indiferencia o de desconcierto, porque dudaba en repetir la historia. Pensó en contarla omitiendo los vómitos. La señora Juárez creyó que se le ocultaban escenas de oprobio que no se atrevería a imaginar y negó con la cabeza. "No tienes que contarme nada si no quieres", dijo. Su tono maternal era más empalagoso que de costumbre. "Yo te contaré la parte de la historia que me sé y luego lo platicamos, ¿de acuerdo?" Gracia asintió.

Aunque el plan de la señora Juárez no era muy elaborado, la hacía sentirse muy orgullosa de sí misma. Creía tener la solución al problema de su sobrina y al de Gracia. En términos generales, consistía en hablar de los años de relación de Pereda y Amalia, sus planes de boda, su sospecha (que presentaría como verdad) de que Pereda se le había insinuado a Beti Calderón y la opinión que, a lo largo de los años, ella misma se había formado del médico. No pensaba escatimar sus juicios, hablaría de las visitas en que acompañaba a su sobrina, de cómo había entrado con palancas a un privilegiado círculo médico, de su mirada seductora en la que no se podía confiar, de sus sospechosas uñas perfectas. Después, cuando Gracia se hubiera convencido de que era un hombre con más defectos que cualidades, cuando eligiera ser madre soltera, ella hablaría con su sobrina y le contaría todo lo que sabía de la gorda. Si Amalia se negaba a creerlo, entonces la señora Juárez se apoyaría en el testimonio de Gracia. Y permitiría a Beatriz Calderón contar lo que había oído del médico (y dejaría abierta la posibilidad del *abuso*). Andrés Pereda sería polvo, sombra, nada. La señora Juárez sintió, sonrojada, que un súbito golpe de odio le sacudía el cuerpo y la llenaba de energía.

Se decidió por la mezcla de chabacano y chocolate de la tarta Sacher.

***

La situación estaba bajo control. Lo había previsto. Era terrible, el peor de los panoramas, pero lo tenía previsto. Ahora debía moverse con rapidez, sin permitirse un paso en falso. Cualquier error sería fatal. Lo primero era contactar al abogado de la familia, aunque probablemente ella ya lo había hecho. No importaba. El licenciado podría recomendarle a algún conocido decente que diera una dura batalla. Ahora bien, el señor Calderón sospechaba que si Beatriz Calderón se quedaba con su abogado, éste buscaría triunfar porque era un fundamentalista en lo que a ganar se refería: por eso lo había contratado él en un principio. Que le recomendara a alguien en tales circunstancias era muy peligroso, pero ni hablar. Tendría que localizar por su cuenta a otro abogado, podía pagarlo.

El señor Calderón se reclinó en su asiento y aspiró el aire encerrado de su oficina. Pensó en llamar a la señora de la limpieza para reprenderla, porque no le gustaba que la oficina no se ventilara diariamente. Levantó el auricular y volvió a bajarlo casi de inmediato. Ese encierro le trajo el recuerdo de su mujer chamuscando fotografías. Ahora recordaba especialmente una en la que aparecían tomados de la mano en alguna callecita parisina, sobre baldosas húmedas y bajo un cielo plomizo. Cuando la salvó, la imagen de su brazo derecho ya estaba toda ennegrecida. A su mujer se le habían quemado los pechos, la cintura y la cadera y el tono de su suéter se había oscurecido. Se había capturado un momento en el que sonreían, aunque la sonrisa del señor Calderón se veía un tanto negruzca por la quemazón. Ese recuerdo despertó a otros dormidos: gestos afectuosos, incluso besos, perpetuados en las fotografías. Los rectángulos impresos en papel brillante, con un pequeño borde blanco, estaban llenos de burbujas que parecían ronchas, como si a los fotografiados les hubiera dado una horrible enfermedad de la piel que ameritara pasar a la posteridad. El señor Calderón no guardaba memoria precisa de esos momentos conservados en álbumes. De hecho, no podía recordar si su sonrisa era auténtica o una pose adoptada para la ocasión. Ya no sabía si, cuando sonreía de la mano de Beatriz o la abrazaba con cara complacida en cada uno de aquellos viajes, había sido feliz.

De alguna manera estaba desconcertado por la actitud de su mujer. Ella no había mencionado los celos o el coraje, ni siquiera había dado una razón clara por la que quisiera divorciarse —no había hecho mención de su visita a los baños de mujeres—, y después de lo de las fotografías, hasta parecía ecuánime, más dueña de sí misma que en otras ocasiones, cuando el problema que la aquejaba era una cosa banal. Ella había puesto las cartas sobre la mesa. La vio arreglarse, vestirse, salir, ir de compras, hacer el mandado. En ese rostro radiante no había vestigios de la pirómana enfurecida. No había imaginado a su mujer capaz de nada más drástico que el ejercicio forzado. Ahora la creía capaz de cualquier cosa. La idea de una deficiencia hormonal le rondaba por la cabeza —algo que podría eliminarse con parches de estrógeno, por ejemplo, para evitar que quemara, rompiera o maltratara cualquier otro segmento de su frágil pasado. Un suspiro involuntario llenó su pecho. Miró su oficina. Había permanecido igual durante muchos años. Era una oficina conservadora. Lo único que él cambiaba con cierta regularidad eran las persianas y la alfombra; en una ocasión, el juego de papelería. Los cuadros habían sido elegidos por Beatriz. Tenían un marco elegante, recubierto con hoja de oro, y una firma los autentificaba como originales de gran valor. Los miró por unos momentos: nada significaban para él, pero sin ellos su oficina no sería la misma. Ese pensamiento lo perturbó.

Dio algunas vueltas por la habitación reconociéndola; estaba tan habituado a verla que su memoria la había convertido en algo difuso, de contornos borrosos. Descubrió algunas manchas en la alfombra azulada y frunció la nariz. ¿Cuándo habían aparecido? ¿Por qué no las había notado? ¿Eran manchas que se debían a su descuido o al de personas que no tenían por qué estar ahí? Afectado, vio que faltaba pintura en una de las paredes, cerca de la esquina, y que una pequeña telaraña se mecía por las vibraciones del aire. No estaba contento. Pensó que sería bueno cambiar la decoración de su oficina; le pareció prudente buscar tonalidades más vivas, algo menos serio, cambiar radicalmente la paleta de colores y el orden de los muebles, pero la idea le duró poco en la cabeza: nada se le antojaba para ese sitio. Además, temió sentirse perdido. Se sentó en el sillón y escuchó el conocido chirriar de los resortes, revisó los papeles que tenía enfrente y sacudió la cabeza cansado. Tenía tanto en qué pensar, tanto por hacer, trabajo pendiente y líos personales, que se había olvidado de cuál era el motivo que lo tenía así. Casi había olvidado la razón de su desesperanza y el motor que lo había mantenido girando tanto tiempo.

***

Si de algo la había convencido la señora Juárez, era de hacerse la prueba del embarazo en casa: por alguna razón dudaba que viniera un niño en camino. Para Gracia era difícil comprender que la señora Juárez viera una ventaja en que no estuviera embarazada. "Mi niña, hasta es posible que se dé la ventura de que no estés embarazada. Entonces todo podrá resolverse más fácilmente." Pero ella habría querido quedarse al menos con algo de Andrés y, en el fondo, deseaba seguir viéndolo. Creía que cualquier hombre querría conocer a su hijo y estar con él. Si el bebé era un varón, mejor; Andrés no podría negarse a conocer a un niño que llevara su nombre. Con una niña tampoco podía salir mal: una nena es un bomboncito de miel y escarcha. Ella se sentía capaz de parir niños hermosos y sanos, tan sanos que prácticamente no tendrían necesidad de un doctor.

La señora Juárez sentenció a Pereda a hacerse cargo económicamente del niño y de ella. Gracia pensó que la idea era divertida: Pereda podía vivir con holgura y sin duda tenía para mantener una mujer y un hijo; su ropa, el olor de su loción, su pluma fuente con puntas de oro hablaban por él. Pero ella habría podido mantener a varias familias con lujos de haberlo querido. Pedirle una pensión a Andrés habría sido ridículo. Además, era imposible pensar que su padre permitiría, de manera pasiva, que otro mantuviera a su hija y a su nieto: en su prodigalidad estaba su más rica forma de expresar afecto. Y solicitar de Pereda una pensión sería una forma de alejarlo; todos los hombres eran así: el dinero era un signo del que no podían escapar.

Después de la conversación con la señora Juárez, Gracia comenzó a pensar en sus padres. No podría ocultarles para siempre su embarazo y tampoco quería hacerlo. No tenía la menor duda de que ellos la seguirían aceptando y mimando con hijo o sin él. Lo más probable era que un nieto así, con la hija soltera, les pareciera mejor que con el padre en activo. A pesar de sus excentricidades, Gracia nunca había visto una mala cara en su casa y no encontraba razones para alejarse de ahí. Junto a sus padres tenía más independencia que si viviera sola.

A pesar de todo, no sabía cómo reaccionaría su padre ante la noticia. Le preocupaba, sobre todo, su actitud con respecto a Andrés. Si se encolerizaba, Gracia debía defender al padre de su hijo. Por alguna razón para la que no encontraba mucho fundamento, suponía que Pereda no sabría defenderse de los ataques del banquero. Ahora, si su padre se entristecía, entonces no había mayor problema, pues el tiempo y el nieto lo curarían. Por otro lado, confiaba en la felicidad bovina de su madre: un nieto había sido su deseo desde que ella entrara a la adolescencia, mucho antes de que fuera socialmente aceptable que tuviera un hijo. Bien pensado, el asombro en los rostros gentiles de sus padres, sus posibles reacciones, también eran una motivación para hacerse la prueba.

Era domingo y había un sol radiante que parecía empeñado en entrar por cualquier resquicio a su cuarto. Gracia se levantó temprano y desayunó sin mucho apetito. Las comidas la llevaban, por primera vez, al tedio. Después de arreglarse sin mucho detenimiento salió de su casa. Podía haber pedido al chofer que la llevara a la farmacia, pero no le daba la gana. Prefería que el destino de su breve viaje fuera, para los suyos, una suposición.

La farmacia no estaba muy cerca, pero sintió el impulso de caminar. Las avenidas que confluían al centro comercial eran arboladas, de banquetas anchas. Emprendió el camino. Su andar desviaba la mirada de la gente, provocaba comentarios morbosos. Gracia fue consciente, una vez más, de las madres que daban codazos a sus niños para que no la vieran con fijeza grosera, pero no le importó.

También el centro comercial sufrió el revuelo de su figura. Algunos vendedores la conocían bien y saludaron su paso con amplias sonrisas. La farmacia era pequeña, un lugar incómodo, más adecuado para padecer la tortura de una cola que para comprar. Gracia se formó al último y murmuró estrofas de una canción. Uno de los dependientes se saltó el servicio que debía darle a una señora pelirroja para atenderla. Nadie, ni la pelirroja, protestó; llamaba la atención de la concurrencia, despacharla rápido evitaría mayores complicaciones en la farmacia, por un lado. Por el otro, valía la pena escucharla hablar, verla moverse, saber qué pediría.

Inclinada sobre el mostrador, prácticamente en susurros, hizo su pedido casi contra la oreja púber del empleado. Pero él no escuchó y se recargó también en el vidrio, poniéndolo en riesgo: el peso compartido era una amenaza para las vitaminas bajo el cristal. Ella tuvo que repetir sus palabras un par de veces —el empleado sintió una placentera tibieza habitándole el tímpano. El sonido natural de la farmacia se reanudó hasta que el muchacho se marchó por uno de los pasillos para cumplir con la petición, y Gracia pudo entonces perderse en sus propios pensamientos. Fingió que no le importaba que otros la hubieran escuchado y pasó por alto las miradas. El empleado le tendió un paquete rectangular envuelto en periódico: la discreción. Un crucigrama a medio llenar cubría las pruebas caseras para el embarazo. Gracia pagó en la caja con un billete de alta denominación y pasó por alto el gesto de fastidio que le hizo la cajera. Sin detenerse frente a los aparadores conocidos, atravesó de vuelta el centro comercial.

    Llegó a su casa más cansada que de una sesión de ejercicio en el club. Se dirigió a su cuarto después de tomar agua en la cocina y revisar que no hubiera nadie en la escalera. Ya en su habitación abrió el paquete. Tenía dos pruebas para confirmar el resultado. Abrió la primer cajita y leyó el instructivo. Orinaría sobre una varita plástica, recubierta de felpa. Dedicó unos minutos a beber agua, tragando despacio y concienzudamente. Esperó hasta sentir que necesitaba desaguar. Se sentó en el excusado, detuvo con una mano la prueba —la tela receptora vuelta hacia arriba— y permitió que la orina fluyera. Unas gotas mojaron sus dedos. Terminó, sacudió la mano y la prueba, se lavó. Dejó el palito sobre el lavamanos y esperó un par de minutos, sus dedos torcían y retorcían las puntas de su pelo, trenzándolo.

    Finalmente revisó el resultado. Sus piernas, siempre macizas y resistentes, flaquearon por unos momentos. La prueba había resultado negativa.

***

La señora Calderón miraba a Enriqueta Juárez hablar. Frente a ellas había un variado surtido de platillos. Habían pedido algo llamado "Mesita": una probada de cada platillo del menú preparada en platitos de los que pendían perejiles chinos. Cuando llegó la comida, Beatriz sintió una fugaz arcada y recordó a Gracia con la boca llena. El hambre se le fue mientras a Enriqueta pareció crecerle. Picaba de aquí y de allá intercalando bocados con un discurso alocado. Parecía haber adoptado las costumbres de la gorda, como si verla tantas veces le hubiera alterado el metabolismo, convirtiéndola en una mujer locuaz, glotona, resistente a las críticas. Hablaba de Amalia y Pereda y Gracia. A Beatriz eso la tenía harta. Se sentía afortunada de estar fuera del asunto y suspiraba aburrida. Era, desde luego, una historia jugosa, de esas que vale la pena escuchar, al menos de lejos. De haberle sucedido a ella no lo habría soportado, pero le había ocurrido a Amalia.

Se habían reunido a comer porque Amalia todavía no sabía nada. Queta quería preguntarle si consideraba correcto lo que había decidido. Beatriz Calderón no estaba segura de que fuera una buena idea y hasta sentía un poco de pena por Andrés Pereda, aunque no mucha porque había dado pruebas de tener un gusto poco aceptable, de no ser un hombre de categoría: deseaba a Gracia, por ejemplo. Beatriz jamás habría cedido a sus avances, no habría dejado que le tocara partes del cuerpo que no iba a auscultar y menos que la embarazara, pero el flirteo que tenían le parecía un sano reforzamiento de egos. No había necesidad de más.

La señora Juárez le contó un plan soso para humillar a Pereda y vengar a su sobrina: carecía del elemento de escándalo o de ruptura definitiva que enriqueciera el proyecto; no había perversión en el diseño, pura obviedad. Y sin embargo, esa obviedad bastaría para hacer infelices a Pereda y a todos los demás involucrados. Beatriz Calderón miró a su amiga como si descubriera a su lado una alimaña ponzoñosa que se atragantaba con paté de berenjena. Volvió a suspirar con aburrimiento y tomó un bocado de pollo almendrado.

Enriqueta seguía a su ritmo: plática y comida, plática y comida. La señora Calderón paseó su mirada sobre la concurrencia del restaurante, escuchó el bla bla homogéneo de otras voces y otras conversaciones seguramente, pensó, más interesantes que la que ella escuchaba. Después trató de adivinar qué había en los platitos más lejanos de su mesa inundada por comida. Un mesero se le acercó para ofrecerle algo más de tomar. En su vaso de vodka se derretían unos cubos de hielo. Dudó unos instantes: el aburrimiento no llegaba a alisar el bienestar del secreto. Nadie, ni Queta, sabía lo pasado entre el señor Calderón y ella. Una nueva vida llena de posibilidades le esperaba. Aspiró hondo antes de pedir que le sirvieran más, con mucho hielo y una cáscara de limón. Con las cejas arqueadas ante la sola idea, Beatriz pensó que sólo Gracia sería capaz de comerse todo lo que había en la mesa, de indagar hasta en el último plato para descubrir lo que le ofrecía. Enriqueta decía para entonces Dios sabía qué cosa de Amalia y los sensacionales atributos que la separaban del resto de las mujeres y luego dio tumbos de aquí para allá con palabrerías inútiles. Después de unos momentos de confuso ruido, la señora Juárez guardó silencio. Beatriz levantó la cabeza de su plato para verificar que la otra estuviera bien; la notó seria, pensativa. "Oye, Beti", dijo al fin, "¿a ti te acosó Pereda? Ya sabes... sexualmente". La pregunta hizo que se le atragantara un hielo en la garganta. No suponía que se le hubiera notado ninguna reacción en lo que al "caso Pereda" concernía, pero hete aquí que la señora Juárez había intuido algo entre ellos. La imagen le pareció sorprendente. ¿Acoso? No, por favor. Pereda no tenía tanto valor; por eso se había acostado con la gorda, porque ella aceptaría al hombre que fuera, era evidente. El eco difuso de una campana diminuta sonó dentro de su cabeza, reajustándole los pensamientos. ¿Y si Gracia había acosado a Pereda? Era más probable. Entonces todo sería al revés. El planteamiento de la señora Juárez era el equivocado, por eso trataba de atacar el problema desde un ángulo primario e inútil. Buscar el desprestigio social de Pereda, sacarlo del mundo de la medicina argumentando abuso sexual sería no sólo un acto de injusticia desquiciante, sino un error estratégico. Pero no, no podía ser. Gracia también era incapaz, era virgen. Se lo había confesado a Queta. Y era inmensa. No podía no estar consciente de su peso, su volumen, de la reacción que causaba a su paso. Además, ¿quién querría acostarse con ella, quién querría desaparecer entre pliegues de carne celulítica para cobrarse esa virginidad? De repente todo le pareció confuso. "Beti, ¿te hizo daño? ¿Te lastimó de alguna manera? ¿Beatriz?" Silencio. "No me lo tienes que contar si no quieres. ¿Por qué no habías dicho nada?" Era el momento de callarla. Se terminó el vodka de un trago, jugueteó con unos pepinos cortados en cubos y tomó aire. No había dicho nada porque nada había pasado, y en última instancia, si algo así hubiera ocurrido ella *jamás* se lo habría contado a Enriqueta porque le quedaba bien claro que era una mujer incapaz de contenerse. Además, las cosas bien podían ser muy distintas, opuestas a lo que pensaba. Lo eran, no le cabía duda.

"No me pasó nada, Quetita", dijo sonriendo, "Pereda nunca se me insinuó, ni me tocó cuando no debía, ni me acosó, ni me propuso nada que no fuera una cita médica". Su tono era cortante, pero la señora Juárez pareció no darse cuenta. De hecho, parecía incrédula y un poco decepcionada de que Pereda no hubiera querido propasarse con una mujer tan guapa como Beatriz. La señora Calderón pensó que la señora Juárez tenía la mirada de inocencia actuada que a la gorda le salía tan bien y tuvo que aceptar que su amiga no le gustaba mucho. Además, pensó, buscando una rápida excusa para no quererla, Queta se rasuraba las piernas en lugar de depilárselas.

"Me parece que exageras", dijo finalmente, recuperando su tradicional compostura, "el problema no es tuyo, sino de Gracia, Amalia y Andrés Pereda. Que lo resuelvan ellos. No se vayan a complicar las cosas y tú termines siendo un estorbo. No seas metiche, que no piensen que eres una chismosa". La señora Juárez la miró incrédula. Metiche sí era una palabra que la desconcertaba. El tenedor, a punto de entrar a su boca, quedó suspendido en el aire, la lengua se estiraba para alcanzar un bocado que ya no disfrutaría. Según recordaba, Beatriz había sido la primera en iniciar un pleito con Pereda, la primera en hablar mal de él. Un pleito no declarado porque —le pareció— la señora Calderón sólo era capaz de sentimientos retorcidos y ocultos. Recordaba su cólera en los baños.

Aquella noche, todavía con el recuerdo fresco de Beatriz lanzando su mano con firmeza hacia la mejilla de su esposo, había escuchado del señor Juárez un relato triste: el señor Calderón quería impresionarla, tal vez porque ella no le hacía mucho caso, tenían problemas maritales. En un arranque de locura, de pasión ilimitada, había corrido al baño de las damas en cueros, portador —con su desnudez— de una declaración amorosa. Aunque quien se apegara a tal historia vería en el señor Calderón a un hombre de excentricidad decidida, fuera del círculo de lo aceptable, la reacción de Beatriz la convertía en una loca declarada, sin redención. Generalmente, las mujeres se sienten halagadas con actitudes tan extremas, pensó la señora Juárez todavía con el tenedor rondándole los labios. Beatriz estaba tan furiosa al verlo desnudo frente a ella, que ni se preocupó por preguntarle si algo le había pasado o si tenía algo que decirle. Podría haberse enojado y reído al mismo tiempo, pero en lugar de eso su furia había sido un claro estallido. Contempló con seriedad la derechura en la espalda de su amiga, sus pechos firmes y la bonita forma, muy natural, en que tenía recogido el cabello. Estaba más guapa que cinco años atrás. Se veía renovada. Platicaron un rato más de cualquier cosa. Sonrieron forzadamente, perdieron el apetito. A partir de entonces nació un extraño resentimiento entre ambas: comenzaron a mirarse de reojo, como si hubieran sorprendido a la otra en falta y buscaran el momento para echárselo en cara.

***

La vida se había acabado. Al menos la vida según sus deseos. La imaginada. Los sueños acariciados tan dulcemente se desvanecían en el aire como volutas de vapor. No le quedaban ganas para luchar por nada, por nadie. Estaba su vida de antes, desde luego. Pero eso no era igual. Había querido con tantas fuerzas que cambiara, había hecho tanto por modificarla, que imaginar el mismo futuro la sumía en una profunda angustia. Sus sueños se habían alterado, sus fantasías tenían una consistencia diferente.

El dinero no cambiaba las cosas. Ella lo había intentado ya. No había comprado amor, pero sí había buscado formas de entretenerse. De alguna manera, Gracia no estaba consciente de la despreocupación en que vivía antes de que Andrés Pereda abriera la puerta de su consultorio con cuarenta minutos de retraso. No recordaba los momentos intensos y felices que había compartido con su propio cuerpo. Le parecían inútiles sus viajes, ridícula la posibilidad de vivir donde le entrara el antojo, absurdos todos sus conocidos. Tenía olvidada la satisfacción que le daba estar a solas con sus secreciones. Difícilmente recordaba lo bien que la había pasado en los baños de vapor. No se acordaba de hasta qué punto aquel lugar había sido un amante fiel —un poco duro, un poco demasiado caluroso. El club mismo se desdibujaba en su memoria como si no hubiera existido, como si no formara parte de su pasado, como si su pasado apenas comenzara en el consultorio de Pereda.

La segunda prueba también resultó negativa. El sueño le llegó tarde. Se revolcó en la cama pensando que debía ser un error, que todo era parte de una confusión; suponía honestamente que las pruebas caseras no servían y le daba angustia ir a un laboratorio: detestaba las agujas, el olor a yodo y la asepsia general de esos lugares. Se levantó al amanecer con el rastro del desvelo bajo los ojos, un hilo reseco de saliva en la mejilla y dolor de espalda. Segura de que el agua se llevaría parte de los miedos, Gracia permaneció bajo el chorro de la regadera hasta que el agua perdió su temperatura y el frío le erizó la piel. Se vistió sin poner atención a su arreglo y se dirigió al centro comercial. No estaba abierto. Caminó sin rumbo varias cuadras, compró un periódico y una revista. En un puesto callejero —muy escasos por sus rumbos— bebió los suficientes vasos de atole de arroz como para sentirse ligeramente más relajada. Volvió al centro comercial caminando despacio y se encontró con que la farmacia ya había abierto. La recibió el mismo dependiente púber que la atendiera la vez anterior, escuchando el nuevo pedido con los ojos muy abiertos y una sonrisa bobalicona que buscaba dejar claro que él entendía de esas cosas. Gracia tamborileó exasperada sobre el cristal del mostrador, se encontraba al borde del llanto.

Volvió a su casa en taxi sin importarle la prohibición expresa y muy seria de su padre de viajar así: nadie se atrevería a secuestrarla, tenía esa certeza. Entró directamente a su habitación, se encerró con llave y se dedicó a leer y comer golosinas hasta muy entrada la noche. Después tomó un somnífero, se cubrió con las cobijas hasta la coronilla y se durmió. Sabía que con la luz del día tendría más fuerzas para orinar encima de las pruebas.

Le amaneció un poco más tarde de lo que hubiera querido. Entró directamente al baño y abrió una de las pruebas —de una marca diferente a las anteriores. La orinó, sintió cómo se mojaba su mano con el chorro caliente. La prueba resultó negativa. Probó con la siguiente: negativa. Eso era todo. No tendría vida de mujer feliz. No sería madre, no sería amante, ni esposa. Sería una hija de familia, una millonaria excéntrica que rebasaba los límites de lo esperado con el volumen de su cuerpo. Le entristecía no acunar en sus brazos a un bebé —porque eran unos brazos mullidos, protectores, tibios, adecuados para un nene. Se lo había imaginado tantas veces: rosado, exquisito; saber que no lo tendría era suponerlo muerto. También significaba perder completamente a Pereda, que era un hombre muy impresionable e incapaz de mantenerse en una postura firme y única. Si se iba con la sobrina de la señora Juárez era porque le insistían mucho, porque Amalia era necia, una terca: por eso se casaba con ella. Ella, en cambio, era permisiva y tolerante, por eso no lo tenía entre sus piernas en aquel mismo momento.

Bajó a comer. Sus padres percibieron que un cambio se había producido en su hija, pero guardaron silencio y se limitaron a pasarle las fuentes de comida cuando las solicitaba.

***

Las fotografías representaban el inicio de la batalla, la primera ofensiva, pero él no supo interpretarla ni medir sus alcances. No era que su mujer lo tratara mal, al contrario, ahora lo trataba mejor que antes. Incluso le hablaba a la oficina para preguntar si todo estaba en orden o si podía hacer algo para ayudarlo. La cabeza del señor Calderón daba vueltas mientras todos sus planes se mecían dentro, tambaleantes. Lo irritaba verla tan contenta, parecía tranquila y peligrosa sucesivamente. No sabía cómo alejarse de ella ni cómo aproximársele. Se quedaba hasta tarde en la oficina pensando estrategias para librar el trance sano y salvo. Le habría gustado pretender que llegaba borracho o que venía de pasarla muy bien, incluso le habría gustado que eso fuera cierto. La verdad es que llegaba cansado, con el saco a rastras; dormía mal y tenía pesadez estomacal: los ácidos gástricos galopaban por su garganta.

Desde luego, a ella la defendía el abogado de la familia. En una situación menos extraña, el abogado habría funcionado bien para los dos. Primero, el señor Calderón se sintió traicionado porque el licenciado eligiera a su mujer y no a él —finalmente, los cheques que cobraba ese abogado siempre habían llevado su firma estampada al calce. Luego pensó que a lo mejor él habría hecho lo mismo. Puesto a escoger, cualquiera habría optado por irse con una mujer muy guapa, más o menos joven, que se quedaría con una buena suma de dinero. Estuvo tentado a buscar una abogada joven y de buen ver, pero sintió que las mujeres no eran seres confiables y que la identificación de género era un riesgo que no debía correr. A últimas fechas, las mujeres estaban volviéndose locas o estaban siendo más honestas al respecto. Por eso lo atendería un abogado amigo de Indurain. Gracias a éste, el señor Calderón logró aplazar un poco los trámites del divorcio. Quería tener tiempo para no cometer más errores. Buscaba la manera de que sus planes —aquellos por tanto tiempo meditados, de elaboración lenta— funcionaran. Su abogado le aseguró que se pondría en contacto con el de su mujer y negociarían antes de sentar a sus clientes a hacer lo propio. Así que le quedaba la posibilidad de contar con el tiempo suficiente para resolver las cosas suavemente.

A Indurain lo había visto poco. Le daba gusto encontrarlo, pero nada más. Le agradecía profundamente la recomendación del abogado y se sentía en deuda, pero no estaba dispuesto a más porque no eran tan íntimos como para que Calderón le hablara de su vida ni tenía la presencia de ánimo para enfrentarse a una plática sobre los momentos pasados en el baño de vapor. Un sentimiento de abandono se apoderó de él y de su estómago maltrecho. Además, Gracia no aparecía por ninguna parte. No se la podía ver dándose un festín opíparo en la cafetería del club ni se escuchaban sus brincos en la clases de aeróbicos ni se la podía encontrar gimiendo bajo las órdenes de su entrenador. Sencillamente ya no iba para nada.

La tristeza tenía invadido al señor Calderón. Con tantos desastres familiares, ni siquiera había podido acercarse a ella. No había tenido la oportunidad de platicarle, de invitarla a salir, de explicarle su situación y cómo la había conocido. Ése era el reto principal, porque él no le quería mentir pero sabía que no podía decirle la verdadera razón por la que había descubierto el agujero en la pared de los baños de vapor: no todo el mundo entendía la importancia del orden y la limpieza. No imaginaba cuál sería su reacción y menos si le contaba del numeroso grupo que se reunía —tal vez pene en mano, tal vez el aliento cortado— para verla masturbarse.

Sus hijos no habían tomado partido todavía. Habían estado de visita una semana, parecían más interesados en visitar el club y salir por las noches que en saber lo que sucedería con su familia. Eran reservados, aunque risueños, y Calderón creyó descubrir que, si alguien intuía que la cosa iba a terminar así entre Beatriz y él, eran sus hijos. La servidumbre, por el contrario, estaba apenada, tal vez porque creían que su situación laboral se veía amenazada. En todo caso, parecía evidente que estaban del lado de la señora. Era probable que muchas amistades de ambos se declararan partidarios de Beatriz. Era tan elegante y amable —la cara bonita de la relación—, que difícilmente alguien podría rechazarla: se acordaba de los cumpleaños y de las fiestas de cada familia, recordaba las flores favoritas de las mujeres y los vinos que los hombres preferían. Pero el señor Calderón la conocía en la intimidad.

Después del asunto con el abogado y una conversación deprimente con Indurain, el señor Calderón por fin se dio cuenta de que las cosas no le estaban saliendo bien. Debía tomar una determinación de una vez por todas. Tenía que hacer algo drástico, igual de dramático que la quema de las fotografías, pero en otro sentido. No quería destruir su casa, su vida; por el contrario, quería reconstruirla. Pensó en comprar revistas nuevas con la esperanza de que cuerpos desconocidos lograran reanimarlo, pero rechazó la idea con un brusco movimiento de cabeza. No, lo que necesitaba era un cambio de verdad. Dio un par de vueltas por su oficina para armarse de valor y, al fin, tomó el teléfono. Buscó en su agenda el número que necesitaba y marcó. Ocupado. Volvió a caminar por la habitación esperando con ansias. Súbitamente supuso que las cosas podían salir bien a fin de cuentas. Se divorciaría, sí, pero eso no acabaría con él. Ella podía quedarse con la casa, pero él tenía otras propiedades y en alguna podía vivir. Podía arreglárselas para no pasarla mal. Comenzaba a sentirse vibrante. Regresó al teléfono. Marcó nuevamente. Comunicaba bien. Esperó unos segundos y sintió que un calor esperanzador lo abrasaba. El señor Juárez contestó con voz amigable y, una vez más, dispuesto a platicar.

***

Como si hubiera recibido una avalancha de piedras y sus músculos y sus huesos lapidados hubieran caído en la inmovilidad permanente, yacía Andrés Pereda sobre su cama. Tenía los ojos cerrados, su boca entreabierta permitía ver una hilera de dientes parejos y blancos; un delgado hilo de saliva se escurría hasta el edredón. Llevaba puesto un zapato, el otro había caído al piso. Era de día. La luz del amanecer entraba de lleno por la ventana del cuarto. Unos pájaros cantaron y se escuchó a lo lejos el murmullo de los autos, el ajetreo de las mañanas.

Se incorporó después de permanecer quieto y silencioso durante largo rato. Un ligero estremecimiento recorrió su cuerpo. A pesar del sol que invadía su cuarto, sentía un frío intenso que le carcomía hasta los huesos y le ponía moradas las uñas. Llevaba puesta la ropa del día anterior, que ahora le parecía maloliente y que estaba manchada; se desnudó en silencio: tenía el vientre marcado con la hebilla del pantalón, las piernas moreteadas, divididas por el resorte de los calcetines. Se puso unos pants y unos calcetines limpios y regresó a la cama. Volvió a cerrar los ojos, recordando.

Lo primero que pensó fue que su vida en esa ciudad se había acabado. No deseaba permanecer ahí, no quería volver a su consultorio, ni siquiera tenía ganas de ejercer de nuevo la medicina. Se iría al extranjero porque, en ese país, la provincia no ofrecía nada nuevo o divertido. La ciudad capital era el único lugar donde un hombre como él podía vivir medianamente bien. Dejó que su mente divagara un poco: viajaría a una ciudad rica para evitarse conflictos, una de esas ciudades que son atravesadas por ríos y en las que impera un aire añejo. A pesar de la emoción que la idea de mudarse le provocaba, no podía negar que estaba triste. Sería muy complicado dejar la ciudad, abandonar lo que ya tenía. Una vaga angustia vibró en su estómago. Las cosas nuevas le daban miedo y, hasta poco antes, no le faltaba nada; hacía no mucho que el terreno de su vida estaba allanado para éxitos en cascada. Después de lo que le había pasado las pérdidas le parecían irremediables y estaba seguro de que lo mejor sería marcharse. Suspiró.

"Estoy frito", dijo en voz alta, volviendo la cara hacia la pared para dormir mejor. Tenía hinchado un cachete y un hematoma sobre la ceja derecha. Una pequeña cicatriz rojiza en el vientre lo laceraba cuando se movía y le dolían las nalgas, las rodillas. Nunca antes se había peleado, verdaderamente peleado, por nada ni por nadie. De hecho, seguía sin hacerlo. Tan sólo había intentado una defensa maltrecha, una protección vana mientras se preguntaba cuál había sido la verdadera causa de su locura, dónde había dejado el cuidado para caer en el error, en qué momento se había vencido y llegado al infierno.

En su momento, la escena del embarazo le pareció suficiente tortura. La idea de un hijo siempre lo había ilusionado, pero no un hijo de Gracia. La noticia le había dado vueltas y vueltas y vueltas en la cabeza, no lo había dejado ni un minuto desde el momento en que la escuchó. Ni al recoger a Amalia, ni al llevarla a su casa, ni al besarla y abrazarla, ni al intentar hacerle el amor. Porque ésa había sido la prolongación de su padecimiento: intentar hacerle el amor. Ella, ansiosa —dejó, incluso, que la desesperación asomara a su impertérrito y lindo rostro—, hizo todo lo que pudo para que él la penetrara. Pero no fue posible. Ella lo trató bien; dijo que entendía, había pasado tanto tiempo, que era algo que no la preocupaba en lo más mínimo porque se querían y ella sabía cuánto se gustaban.

En ese momento, Pereda volvió a pensar que lo mejor sería confesarse, pero se sobrepuso a su impulso. Pensaba decirle la verdad a Amalia cuando el tiempo los hubiera consolidado como pareja. Aunque no siempre estaba seguro de querer contárselo. Había evaluado los beneficios del silencio. ¿Para qué decirlo? ¿De qué habría servido? No creía que ella fuera a entender algo que se escapaba de su propia comprensión. Confesarlo, eso sí, habría sido un peso menos para su agobiado corazón que zozobraba en una batalla sin principio ni fin. Ahí, tendido en la cama al lado de Amalia desnuda y dormida, Andrés Pereda pensó que si ella lo supiera y lo aceptara, él podría hacerle el amor sin dificultad. Después pensó que eso, probablemente, no era lo que quería. Luego se durmió confundido, cansado y torcido.

Al día siguiente fueron de visita familiar. Los padres de Amalia no estaban en la ciudad, pero ella insistió en visitar a sus tíos. Parecía auténticamente encantada de verlos, pero a él le daban una flojera que mal disimulaba. Nunca dejó de pensar en Gracia, el hijo, la impotencia y el matrimonio. La tía Queta, que a Andrés siempre le había dado un poco de miedo, se dedicó a observarlos, particularmente a él, con ojos encendidos. Él no era nadie para decirle lo que pensaba de sus parientes a Amalia, y ella era tan reservada, tan acomodaticia con lo que sentía por ellos, que Pereda se negó a siquiera a tocar el tema.

Pero ese día creyó ver en esos ojos, durante un tiempo tal vez excesivo, las llamas de la locura.

Días después de la visita, Andrés recibió un mensaje telefónico. Estaba citado, junto con Amalia, a una comida, de vuelta en casa de la tía Queta. Ni el día ni la hora le parecieron apropiados y le pareció de muy mal gusto que volvieran a solicitar su presencia si habían ido a casa de los Juárez hacía no mucho, pero se sintió comprometido. Quedó de verse con Amalia a la entrada de la casa. La conversación fluyó casi con felicidad durante la comida. Luego se sirvieron el café y el postre. Andrés Pereda daba la primera mordida a su rebanada de pastel de chocolate cuando sintió, frente a sí, los abultados muslos de la dueña de la casa. El perfume dulzón, algo rancio, de Enriqueta Juárez saturó sus sentidos y le impidió disfrutar de su comida. La sintió inclinarse hacia él y miró la piel ajada al centro de su escote. Escuchó sus palabras: "Lo sé todo". Pereda no entendió de qué le hablaba, pero se sobresaltó. Amalia, sentada a su lado, también. Pereda miró de frente a doña Queta que, con una verborrea incontrolable, escupió lo que sabía y lo que suponía. Le proporcionó al médico información nueva: los planes de boda de Gracia, su riqueza y virginidad, el posible embarazo gemelar. Explicó a detalle la dieta y el ejercicio que él le recomendara a la gorda y, bajo un atinado influjo de maledicencia, habló del tiempo que él, fascinado por el inédito descubrimiento, se había demorado en su cuerpo al hacer el amor. Pereda la escuchó maldecirle el esperma ("¡Que tus hijos sean deformes, que el interior de tus testículos se pudra!"), acusarlo de acosar sexualmente a Beatriz Calderón y decirle, entre otras linduras, delincuente. Amalia, inmóvil y pálida en un sillón, veía la escena sin comprenderla.

Mientras Pereda, confundido y avergonzado de su propio rubor, bajaba la cabeza y pensaba en la mejor manera de salir de ahí, Amalia y Enriqueta Juárez conferenciaron. Después de un silencio incómodo y denso, las mujeres se sentaron a esperar la exposición de hechos que Pereda pudiera ofrecer. Sí, lo de Gracia era cierto, dijo, pero lo de la señora Calderón era una falsedad horrible, él jamás. Y lo de Gracia tenía sus matices y cómo era que ella sabía que.

Después, la realidad no fue más que un retazo, algo incomprensible para Andrés Pereda. Amalia galopó sobre su propia furia como él siempre había supuesto que haría. Un odio incomprensible, surgido de distintos puntos, se dirigió todo hacia él. Habló de impotencia, de incapacidades sexuales. Luego no hubo piedad. En un principio sólo Enriqueta Juárez parecía dispuesta al ataque frontal: le dijo más groserías de las que él recordaba haber escuchado juntas y siguió injuriándolo conforme avanzaban los minutos. Amalia aguardó unos momentos para iniciar su guerra. Pereda, con un platito en el regazo y un tenedor en la mano, se negó a participar en ella. Esa tarde no sólo se dijeron cosas terribles, sino que se deformaron, destrozaron o perdieron para siempre los siguientes objetos: un pierrot lacrimoso de Lladró, una caja de música que siguió sonando después de rota, el platón del pastel que habían empezado a comer y varios tenedores para postre.

Entre otras cosas, Amalia le dio una patada.

Al atacarlo, se vio invadida por un espíritu confesor. Soltó de un tirón las cosas que no le gustaban de Pereda, lo que la ponía nerviosa, lo que la descontrolaba. Gritó a todo pulmón una lista de puntos débiles y fallas crónicas. El médico descubrió entonces que a su novia no le gustaba su loción a la moda, no sentía placer cuando le acariciaba los pechos, no sentía simpatía por sus pestañas naturalmente rizadas (no le parecían normales en un hombre), detestaba la forma en que Andrés contestaba el teléfono y su tendencia al flato. Dijo sentir una molestia inmensa —una incomodidad en el centro de su alma— cuando él gemía al hacer el amor (eso tampoco le parecía normal en un hombre).

Ya en su cama, y a pesar de parecerle un pensamiento irrelevante, casi estúpido, Andrés Pereda creyó que a él tampoco le gustaba Amalia. La imagen de un tejido flotando en formol (carne pálida, ya sin color, endurecida por el químico, con los bordes desfigurados) volvió a aparecer ante sus ojos cuando pensó en ella. Cerró los párpados para que la luz no lo lastimara más y trató de no pensar en nada. La mañana avanzaba y él no tenía intenciones de levantarse. Se reportaría enfermo. Tendría que hacerlo antes de que el primer paciente llegara. Levantó el auricular y habló con la secretaria. Con un tono frío ella le avisó que había un par de pacientes esperándolo. Esa mujer era como todas: exigía, demandaba, regañaba; se internaba en territorios a los que no había sido invitada. Se tomaba atribuciones, como diría su madre, que no le correspondían. Andrés Pereda sintió que ese tono frío, ese arranque de altanería, era más de lo que podía tolerar. Ya estuvo bueno, se dijo, y la despidió a gritos sin esperar una respuesta. Colgó. Una sonrisa se dibujó en sus labios hinchados mientras un sentimiento de liberación se apoderaba de él y el sueño volvía.

Sí, se largaría al extranjero.

***

La señora Calderón estaba atónita. Gracia no estaba embarazada. Andrés Pereda había sido atacado por la señora Juárez y su sobrina. Recibía una carta de su abogado solicitándole aplazar un poco los trámites. La sorprendió, más que cualquier otra noticia de las que había recibido ese día, el hecho de que se comunicaran con ella por carta. Le pareció completamente inapropiado, un amaneramiento intolerable, un posible gesto senil. ¿Por qué no usar el teléfono, como todo el mundo?

Por otro lado, lo que la señora Juárez le contó sobre Pereda —con lujo de detalles, vía telefónica— le producía una vaga culpabilidad que la terminó de confundir. Para empezar, no entendía la razón por la que su abogado le pedía en un sobre —¡lacrado!— que aplazara de momento los trámites para el divorcio. La idea de separarse del señor Calderón la hacía sentirse muy bien y no quería perder la esperanza de ganar cada vez más terreno. Aunque ahora lo veía cabizbajo, flaco. Parecía por primera vez un hombre poco sano. Beatriz no esperaba que aguantara vivir solo. Sabía que buscaría un sustituto rápido para ella y tan sólo le quedaba esperar que no fuera muy bonita, muy joven o más delgada que ella. Lo demás era lo de menos.

Estaba sentada en el estudio que, hasta hacía unos meses, parecía ser del uso exclusivo de su marido. Era la habitación en la que se guardaban las revistas de mujeres desnudas con las que él se masturbaba. También era donde lo veía beberse una copa de vez en cuando y en el que fumaba esos puros que estaban formados en una caja de madera con tapa de plástico transparente. Beatriz Calderón los tenía frente a sí y los contemplaba con seriedad. Por fin se decidió a tomar uno y a encenderlo. No le gustó el sabor, pero fue capaz de disfrutarlo: el grosor del puro entre sus labios, el humo azulado. Él sí que se la iba a pasar mal sin ella, sin aquella casa limpia, sin sus cosas cotidianas. Sentía por él una compasión de la que no se había creído capaz hasta entonces. Ni la pobreza, ni la vejez, ni la enfermedad o la locura la movían a sentir pena por otros. El cambio en su marido, sin embargo, la hacía sentirse como una Madona protectora. "No lo voy a cuidar", se dijo entre dientes, molesta consigo misma. "Por mí...", volvió a decir mientras encendía de nueva cuenta el puro que se había apagado y abarcaba la habitación entera con su brazo en fingido desprecio. Trató de enojarse con el señor Calderón, de detestarlo. Se puso de pie y comenzó a buscar en todos los cajones del estudio. Si encontraba las imágenes sucias y manoseadas, el odio por su marido volvería a golpearla. La repulsión.

La media luz del atardecer la sorprendió con algunas revistas en el regazo, otras languidecían en la alfombra, más hojeadas y cuidadosamente revisadas que nunca antes. Frente a esos cuerpos de mujeres desnudas y bellas, amparadas por una iluminación lechosa y de filtros que suavizaban sus contornos, Beatriz Calderón perdió la compostura: los pechos fuera de la blusa, el brasier desabrochado, los calzones en el piso y las piernas separadas. Sin mucho esfuerzo —nada más que una febril inspiración— encontró el sitio adecuado para un nuevo puro que nunca llegó a encender.

***

Hay cosas que no pueden platicarse por teléfono. Las mujeres no entendían semejante principio, según había comprobado el señor Calderón, pero confiaba en la discreción de los hombres. Los varones sabían hasta qué punto decir algo o no decirlo, sobre todo si se trataba de una conversación telefónica. Era verdad que él y algunos otros hombres se habían excedido en el baño de vapor, siendo capaces de contemplarse en estados tan poco dignos de ser compartidos como los que Gracia les producía. De cualquier manera, eso se había terminado. En cierta medida, él y el resto del *fan club* no se veían más porque habían rebasado los límites permitidos. Nadie quería ser inculpado y nadie quería recordarlo. Al señor Calderón no le pesaba dejar de verlos. Extrañaba un poco a Indurain porque veía en él al único otro miembro del grupo que había demostrado auténtica pasión por Gracia; porque había sido honesto, firme y había dejado los baños de vapor a pesar de su sufrimiento: eso, de alguna manera, los unía.

Al escuchar la voz del señor Juárez en el teléfono, comprendió que lo que le quería decir era tan importante que a través del aparato sonaría absurdo, distorsionado. Quería contactar a Gracia y suponía que, dado que el señor Juárez le había proporcionado la información que alguna vez él solicitara al respecto y le había ayudado a salir de un aprieto desagradable, en esta ocasión no tendría empacho en servir de cupido. Se habían citado en un restaurante-bar no muy lejano de la oficina Calderón, que dedicó el tiempo entre la llamada telefónica y la cita haciendo sentadillas y tensión dinámica.

Se presentó en el lugar antes de la hora convenida, pidió una cerveza helada y se la bebió de un golpe. Pidió una más y masticó los cacahuates que el mesero colocó en un plato junto a su vaso de cerveza. Su vida podría dar un giro maravilloso en cualquier momento. De alguna manera, volvía la esperanza. Quería el amor verdadero al lado de una mujer cariñosa, comprensiva y superabundante.

Alcanzó a ver al señor Juárez cruzando sonriente el umbral de la puerta. Se tendieron la mano y Calderón aprovechó el momento para estrecharla con una calidez que supuso necesaria. Quería dar una buena impresión. El señor Juárez sonrió mientras decía: "¡Caray, Alberto! De veras te ves distinto. Te veo muy bien, aunque mucho más delgado". El señor Calderón decidió pasar por alto la mención de su nombre de pila e incluso pensó que no sería correcto decirle señor Juárez al señor Juárez. Recordó la profesión: veterinario. Pero no. No era conveniente hablar de perros y gatos. Lo mejor sería ir al grano. Hablar de Gracia.

Para tranquilidad del señor Calderón, el primero en tomar la palabra fue Juárez. Se puso a hablar de una sobrina suya a la que, aparentemente, quería mucho. Parecía un poco consternado, aunque no era fácil entender por qué. De cualquier manera, esa digresión le daba la posibilidad de ganar tiempo y pensar en una estrategia eficaz para abordar el tema.

Pidieron más cerveza. También cacahuates. Bebieron mientras el señor Juárez hablaba. Calderón empezó a desesperarse, le costaba trabajo mantener la atención en lo que su interlocutor decía, no sólo por el nerviosismo que su pregunta le producía, sino porque la conversación estaba tomando un rumbo extraño y dilatado. No terminaba de entender la relación que había entre los personajes de la historia que escuchaba. Evidentemente, se trataba de una situación que le preocupaba mucho a Juárez, porque en general era un escucha atento. Calderón trató de enfocarse en las palabras del otro, pero de vez en cuando se entretenía con sus propios pensamientos, con la mirada puesta en el techo o en los cacahuates. Guardó a Gracia por unos instantes. Para no perderse del todo, pidió que se le repitiera cierta información; el señor Juárez no tuvo remilgo en repasar una y otra vez la historia. Finalmente, el señor Calderón empezó a trenzar los hilos de la narración que escuchaba. Recordó algo de un tal doctor Pereda, algo que su mujer le había platicado. Volvió a pensar en el doctor Pereda, padre. Juárez lo sacó de su error. Era el hijo. El señor Calderón recordó la conversación de su mujer. ¿Un matrimonio? Sí, con la sobrina de Juárez. Su mujer le había comentado algo, pero no recordaba si hablaba precisamente de la sobrina de Juárez o de otra.

Aunque no le daban ganas, el señor Calderón terminó por enterarse de lo que a la sobrina de su compañero de mesa le gustaba comer, lo que le disgustaba, el trabajo que tenía y hasta el sueldo que decía ganar. Se enteró del compromiso de esta sobrina —que respondía al nombre de Amalia, según se enteró— con Andrés Pereda y de todos los defectos del médico. "Es un tipo de muy buen ver, las mujeres se vuelven locas con él, pero es lo único que tiene", el señor Juárez estaba acongojado y despreciaba, evidentemente, al médico. "Yo creo que él y sus pacientes, ya sabes", añadió, haciendo un gesto de estudiada elocuencia.

¿No iba Beatriz Calderón a consulta con ese doctor?, ¿no era ella su paciente? El señor Calderón alejó de su mente esas preguntas con un brusco movimiento de cabeza y se dispuso a seguir escuchando. Un par de vueltas más los llevaron al meollo del asunto, al menos del que interesaba al señor Juárez. Pereda había plantado a su sobrina por otra mujer a la que había embarazado y con la que se casaría sin duda alguna. Podía haberse casado con su sobrina en unos meses y el estúpido había embarazado a otra. A una paciente, desde luego. Todo eso tenía angustiado al señor Juárez, pero había algo más. Confesó, entre avergonzado y orgulloso, que su mujer había golpeado a Pereda. Ella y su sobrina. "No me contaron todo, pero lo que sé es suficiente", Juárez no levantó la vista, lanzó un profundo suspiro y enarcó las cejas, abrazando el tarro en el que la cerveza se calentaba. El señor Calderón respingó en su asiento. Sintió picada su curiosidad. Se imaginó a la perfección un par de mujeres con furia de posesas abatiendo a golpes a un médico. Estuvo a punto de reírse, pero se contuvo. La imagen de su mujer quemando fotografías, semidesnuda sobre el excusado, le hizo pensar que entre los sexos había diferencias genéticas imposibles de remediar. Sintió miedo. El señor Juárez lo miraba con preocupación.

"Mi mujer también me ha salido con unas buenas de un tiempo para acá", dijo entre serio y sonriente. "Ya no sé a qué atenerme", añadió. El señor Juárez pareció descansar. Suspiró y dio un largo trago a su vaso de cerveza. Se reacomodó en el asiento, encendió un cigarro e hizo un gesto vago, apenado. "Siento haber acaparado la atención: eras tú el que quería contarme algo. Lo que pasa es que me acabo de enterar." Exhaló el humo del cigarro y dio otro trago a su cerveza. Miró directamente al señor Calderón y volvió a moverse en el asiento disponiéndose a escuchar.

Calderón tomó la palabra. Empezó hablando de lo mal que su mujer y él se llevaban, de los planes de divorcio y de su intención de cambiar radicalmente de vida. Lo dijo honesta y sinceramente, pues esperaba que el señor Juárez decidiera participar con él en todos sus proyectos y que no lo tomara a mal. Habló de *rehacer* su vida en todos sentidos. También la vida amorosa. El señor Juárez sonrió comprensivo. "Tú me puedes ayudar en esto", dijo al fin el señor Calderón, venciendo el miedo que le mariposeaba en el estómago. "¿Yo?", preguntó con auténtica sorpresa el señor Juárez. "Tú conoces a la mujer que me interesa, tú puedes contactarme con ella; es sólo para platicar. Para ver si congeniamos", dijo Calderón en plan adolescente. La sonrisa se le congelaba en la boca, los cachetes le dolían. "Si está en mis manos, con gusto. ¿Cómo se llama?", preguntó Juárez. El señor Calderón se lo dijo.

El semblante del señor Juárez se oscureció inmediatamente. Su rostro se tornó pálido y tenso y sus ojos se agrandaron, como si lo hubieran insultado en una lengua que comprendía apenas lo suficiente para identificar la deshonra. Esa reacción desconcertó al señor Calderón, que aplastó unos cuantos cacahuates con el puño cerrado. Unos segundos después, el señor Juárez parecía recuperarse. Carraspeó (el vaso apretado con ambas manos), miró a su interlocutor a los ojos —medio con desprecio, medio con desconcierto— y le dijo: "Gracia Peniche es la mujer por la que Andrés Pereda no se casará con Amalia. Si Pereda se va a casar con alguien, será con Gracia". El señor Calderón no supo si le empezaba una diarrea o un infarto.

III

Hubo muchos cambios importantes en sus vidas, casi tantos como los que habían soñado. El curso de las cosas, sin embargo, fue diferente al planeado, al vislumbrado en sus sueños íntimos y a veces inconfesados o al que entre pleitos habían pensado como la única escapatoria posible. Decidieron vender la casa donde vivían y mudarse a una ciudad en provincia relativamente cerca de la capital. Se hicieron de una residencia cercana a la playa. Las otras propiedades que tenían en la ciudad —departamentos, locales comerciales— permanecerían como un patrimonio para sus hijos. En esto, por primera vez en años, ambos estuvieron totalmente de acuerdo.

Para el señor Calderón las cosas parecieron en ese sitio más fáciles que antes. Durante un buen tiempo, en su nuevo lugar de residencia, se sintió salido de un sueño de prolongada duración o de una enfermedad que hubiera afectado sus sentidos. Si bien es cierto que abandonar el club y a Gracia le había producido un extraño vacío que se sentía incapaz de llenar, también es cierto que no podía explicarse su forma de actuar más que como locura pasajera, un desvarío colectivo, algo de lo que él no se había enterado del todo. Ahora veía que el mundo no era tan malo; a fin de cuentas, el orden regía lo que era importante. Las cosas no eran —no debían ser— alocadas, imprevistas. Después de todo lo ocurrido, Calderón apostaba, nuevamente y con mucha más firmeza, por el autocontrol.

A pesar de ello, de cuando en cuando, una sombra oscurecía su recién estrenada existencia. Pero él, con paciencia y voluntad, trataba de disipar, de eliminar todos los recuerdos amargos. Hacía una poda emocional constante y detallada. Se dedicaba a su trabajo con el ahínco de sus días de juventud, pero se tomaba respiros que entonces no se habría permitido. Las tardes eran un momento pausado para él que, de por sí, vivía inmerso en una ciudad somnolienta y apacible. Era en las tardes cuando aparecían los recuerdos, que no eran tan malos como el miedo, la sensación de vacuidad que llegaba a paralizarlo, el pensamiento de la posibilidad cerrada: ¿y si se le hubiera cumplido ese deseo? También lo atormentaba, antes de la cena, suponer, imaginar o inventar, el curso que habrían tomado las vidas de los involucrados en la vorágine que lo había obligado a reafirmarse en sus antiguas posturas, vacunado —al menos temporalmente— contra experiencias fuera del catálogo de sus convicciones.

Vivían en una casa amplia, donde la blancura ocupaba un sitio preponderante. Pasaron meses ocupados en remodelar, en darle nuevos aires a una casona vieja, tal vez una de las más viejas de la ciudad. Los muros gruesos mantenían el calor a raya, pero eso no fue un impedimento para que los Calderón instalaran un sistema de aire acondicionado integral que hacía posible hornear pasteles en verano sin sentir que el mundo se colapsaba bajo una onda caliente. Para entonces, para cuando se sentía durante todo el año la misma temperatura en la piel, la vida de Calderón con Beatriz ya no era una carga. Sabía que no la amaba, pero ella estaba ahí para actuar el deseo y representar escenas sociales de primera línea. Se comportaba con la misma soltura y el mismo encanto que la habían caracterizado, con un extraño y recién adquirido regusto malicioso. Él también, desde luego, había aceptado su parte del contrato. Su matrimonio —lo dijo en una borrachera de esas a las que entraba cada tantos meses, entregándose a lo inevitable, y de las que solía salir ileso gracias a un aprendizaje previo— era una forma de ahorrarse una mascota cara, una terapia larguísima, un cambio de estatus y de vida mucho más radical de lo que estaba dispuesto a soportar.

Poco después de instalarse en su nueva casa, el señor Calderón decidió recorrer a paso lento la ciudad que ahora le brindaba nuevas posibilidades de destacar. En esos recorridos lo asaltaron por primera vez los horrores del recuerdo y la suposición, así que después de un tiempo los suspendió. Sin embargo, fue en esos primeros paseos cuando tuvo tiempo para recuperarse un poco y ver a cierta distancia lo que había sucedido.

Junto al malecón recordó la noche en que el señor Juárez le diera la noticia que lo llevaría a una valerosa borrachera —la primera de su vida y de una tradición que le duraría siempre. Llevado por un arranque de locura, Calderón invitó a una multitudinaria concurrencia dos rondas de tragos (que se aceptaron con vítores, palmadas y groserías). En un momento determinado, después de la medianoche, cantó una canción ranchera a todo pulmón y se bajó los pantalones para enseñarle al bar entero —tal vez sin intención— unas piernas delgadas por la angustia y el perfil de unos genitales mustios, apenas contenidos en los calzones.

A la hora de mayor frío, en plena madrugada, el señor Calderón abrazaba un excusado. Había consumido una combinación casi letal de cerveza, tequila, whisky y toritos de cacahuate a la que podía achacársele, entre otros resultados, una importante pérdida de dinero y una sorda depresión. Ese día, antes de dirigirse forzadamente hacia su casa, tuvo la conciencia de estar untado de pies a cabeza con sus propias excrecencias e intentó un llanto que terminó en nuevos vómitos.

Durante su primer mes en su nueva residencia recordó las escenas posteriores una y mil veces:

Había llegado a su casa a duras penas, arrastrando las piernas, sin saco, con la corbata volteada y el borde de las uñas muy sucio. No había salido del bar por su propia voluntad, lo habían sacado con violencia. Beatriz yacía en la cama y él recordó haber pensado que Alguien dormía en su cama. Su mujer carecía de identidad. Su propio olor lo ofendía a tal grado que, según recordaba, logró entrar a la ducha con ganas de purificarse. Se bañó durante un larguísimo rato. Cuando blandas estrías —pálidas y amorfas, construcciones de su piel cansada y húmeda— invadieron las yemas de sus dedos, supo que se había excedido bajo la regadera. Sintiéndose ligeramente mejor, dirigió sus pasos a la cocina para rehidratarse. No era demasiado tarde, todos en la casa dormían, pero todavía faltaban algunas horas para que amaneciera. Mareado, caminó con pasos vacilantes hasta la cama en la que yacía un bulto anónimo y de contornos sutiles. Ese momento significó el inicio del cambio, la vuelta radical y sin regreso.

La otra persona era una mujer. El señor Calderón lo había notado por la respiración y las formas que se adivinaban con la tenue luz que entraba desde la calle. La piel de la mujer era suave, tersa. Un vago recuerdo se removió en la humedad de su cerebro. Se acostó junto al cuerpo y se sintió abrazado. Recordaría después haber sentido un abrazo descuidado, de quien duerme y sueña cosas irreales, imposibles de describir en la vigilia. Estaba desnuda. Con la cabeza dándole vueltas, los pies semidormidos y una sensación de abotagamiento, el señor Calderón empezó a hurgar en ella. Sus dedos se sorprendieron gratamente cuando notaron lo húmeda que estaba. Beatriz tenía mojada la entrepierna, buena parte de los muslos y las nalgas. Gimió un poco y se revolvió bajo las sábanas, empujó el edredón hacia el piso. Él se detuvo con la mano el pene erecto y lo dirigió cuidadosamente hacia el centro, lo encaminó a la tibieza que le ofrecían esas piernas abiertas. Entró una vez y se salió casi de inmediato. La sensación que lo recorrió en ese simple movimiento de cadera lo dejó extasiado. Volvió a entrar, atónito, fascinado por la textura que lo recibía.

Hicieron el amor durante algunas horas. Ella estaba tan receptiva, que él siguió sintiéndose excitado a su vez, con intensidad, incluso cuando se le comenzó a bajar la borrachera y se dio cuenta de quién estaba con él en la cama. Prefirió entonces no pensar que Beatriz, sacudiéndose como nunca antes, ya estaba despierta, plenamente consciente. Sus gemidos, la dócil tensión de sus músculos, el sudor en sus frentes y su pecho, el suave agitar de sus caderas, fue el punto de inflexión en el que se encontraron. Así sucedió que los señores Calderón descubrieron el poder afrodisíaco de la fantasía. Bastaba que ambos pensaran que el otro no era el otro sino alguien más; que ellos no eran ellos, sino amantes fieros, casanovas definitivos, putas consagradas o dóciles súbditos para que el sexo (antes sencillo, plano, liso) fuera una deliciosa explosión de goce.

Calderón no lo supo, pero a veces, en la ducha, amparada por un velo de vapor o por el sonido del agua golpeándole la parte trasera de las orejas, Beatriz miraba su propio y esbelto cuerpo y se atrevía a reconocer el curso de sus pasiones. Lo único que quedó claro para el señor Calderón fue que ella se fascinaba en la sumisión y en el poder alternadamente y era ella quien guardaba un nuevo lote de revistas bajo llave.

Una vez que se instaló en casa, estableció un patrón de pensamientos y conoció las ventajas de vivir en esa ciudad, decidió comprar una acción en un club deportivo. Sin hacer aspavientos, se encontró reprimiéndose a sí mismo, autocastigándose cuando su mirada obsesiva encontraba cualquier orificio en las paredes. Trataba de no buscarlo, pero generalmente terminaba viendo uno con fija atención. Era una costumbre molesta con la que aprendió a vivir y, después de no mucho, olvidó por qué su mirada se desviaba de forma casi natural hacia las imperfecciones evidentes en las esquinas. Por lo demás, creía firmemente que haber encontrado una mejor vida.

En esa ciudad a la que se mudara con reticencia, Beatriz Calderón se encontró sin competencia posible. Era la reina y no había más que decir. Encantada con la situación, entabló inmediatamente amistad con la gente más rica y prestigiada del lugar, descubrió los mejores restaurantes, hizo traer de otros destinos todo lo que necesitó para adaptarse a las exigencias climáticas (sandalias, shantungs, cremas humectantes) y abrió, después de un par de años, una clínica cosmética que resultó un éxito insospechado. Asistía a congresos de belleza en el extranjero y se codeaba con mujeres tan hermosas como ella. Los hijos de Calderón, siempre un poco al margen de la relación que sus padres mantenían, se adaptaron bien a los nuevos cambios, pero pronto volvieron al extranjero usando como pretexto las aulas de prestigiadas escuelas.

Como las alfombras no tuvieron mucho mercado en esa parte del país, el señor Calderón se dedicó a la venta de cerámicas artesanales para baño y cocina, muebles para jardín, aires acondicionados, ventiladores y luces indirectas para el patio, con excelentes resultados. Le parecía un trato justo con la vida y estaba dispuesto a cumplir con su parte, sin darle demasiadas vueltas, sin atormentarse innecesariamente.

Tan sólo en los aislados momentos en que coincidía la puesta de sol (tras unos montes cercanos a su oficina, el mar al fondo, apenas una mancha oscura) con el ocio en el trabajo, el señor Calderón pensaba en Gracia. Era una indulgencia que se permitía para aminorar el sentimiento de cobardía que lo acosaba: se había largado sin hablarle nunca, sin atreverse a entrar de verdad en ese terreno. Se la imaginaba con tristeza como una madre ejemplar, la abnegada mujer de un médico eminente que, en su imaginación, a veces era alto y delgado, a veces era tan robusto como un jugador de futbol americano. La veía en ocasiones rodeada de hijos hermosos y rollizos (o hasta un poquito gordos), pero sobre todo la pensaba rodeada de hombres ansiosos por hacerle el amor. Antes de permitirles llegar a extremos indeseados, ahuyentaba sus pensamientos con un brusco movimiento de manos. Generalmente después de sus cavilaciones buscaba un rato para sentarse en el baño de vapor de su casa nueva, con la esperanza de ver pasar a Beatriz desnuda detrás de la puerta transparente y confundirla con otra.

Así se sentía satisfecho y disfrutaba de un sentimiento profundo de melancolía que acentuaba las canas en sus sienes y lo convertía en un hombre irremediablemente atractivo.

***

La vida de Gracia también cambió. Andrés Pereda se había ido para siempre. Una pequeña rebelión interna la sacudió algunos días, pero finalmente decidió no verlo más. Porque el llanto de Pereda la había turbado y su falta de carácter, sacado de quicio. Lo había visto una vez más en el consultorio, de noche. Cuando pasó el trance de su falso embarazo, se sintió obligada a informarle que no estaba esperando un hijo de él. Y fue. Primero habló por teléfono, pero los tonos de marcado viajaron por los cables sin obtener respuesta.

Al llegar descubrió sin mucha sorpresa que no había secretaria. Se detuvo unos momentos en la recepción desierta y miró la luz que surgía por debajo de la puerta. Se acercó y golpeó con suavidad, pero nadie le respondió. Giró el pomo y permaneció en el marco de entrada mirando la cara de Andrés Pereda, inflamada por el llanto. No tuvo dificultad para reconocerla. Se miraron con extrañeza, como si el otro fuera una aparición o una errónea impresión de su memoria.

No se saludaron ni levantaron las cejas o movieron el mentón hacia arriba en un gesto de simpatía o reconocimiento. Guardaron silencio. Pereda contempló el suelo un tiempo excesivo, recorriendo la alfombra con la mirada hasta llegar a las sandalias de Gracia. Ahí examinó los pies perfectamente pedicurados, los dedos de uñas carmesí y la piel suave. Frunció el ceño, extrañado porque esos pies no fueran algo desmedido o gigantesco. No parecían adecuados para soportar el peso, el volumen de la mujer que tenía frente a sí, bloqueando la puerta de su consultorio, absorbiendo la luz.

Gracia dio un paso dentro, separó las piernas y se llevó las manos a las caderas. Pereda levantó la vista, después la cara y, por último, muy lentamente, se incorporó. Su bata blanca estaba arrugada y tenía el pelo revuelto. A ella le pareció simpático ese rostro magullado y el aire infantil con que la miraba, ese desconcierto de niño perdido en un parque.

El silencio resultó un peso molesto para ambos (se miraron impacientes, inmóviles, a la espera de que algún sonido, aunque fuera vago, llenara el aire). Balbucearon algunas palabras al unísono. Después ella dijo: "No voy a tener un hijo". Pereda la miró sobresaltado. Gracia sintió —tal vez por la mirada inquisidora que se clavaba en ella— que había elegido mal las palabras. Volvió a hablar: "No vamos a tener un hijo. Es decir, no tendré un hijo tuyo, no voy a tener ningún hijo, por el momento. No..." Andrés Pereda no dijo nada. Se miró las manos, suspiró y soltó una risita seca.

Antes de poder disfrutar por la anticipación, Gracia sintió en la suya la boca del médico que la succionaba con voracidad; sintió la otra lengua que le exigía a la suya moverse con rapidez. Sus labios se inflamaron, su pecho se hinchó. Andrés Pereda rodeaba una porción de su cuerpo con ambos brazos y tenía una pierna enroscada en sus caderas. Ella estiró la mano para alcanzar el interruptor de luz, pero él la detuvo, negó con la cabeza y la siguió besando. Gracia se dejó llevar por esos besos. La ropa aventada tapizó, apenas unos minutos después, el suelo del consultorio.

La desnudez de Andrés Pereda la sorprendió. Tenía una piel que brillaba —la marca del bronceado bien definida en las caderas, el ombligo envuelto en una fina vellosidad—, y la espalda llena de mínimas gotas de sudor. Bajo la luz fosforescente del consultorio Gracia hizo conciencia de su propio cuerpo: la suavidad de sus formas, las marcas y estrías en sus senos, las enmendaduras que el sobrepeso había dejado sobre sus caderas y las curvas ondulantes de su vientre. Andrés parecía disfrutar su carne. Lo miró enternecida. Él entraba y salía y sobaba con furia —los pechos en su boca, como si fueran la última porción de un alimento preciado, los dedos incrustados en sus nalgas—, ajeno a la observación de que era objeto.

El empeño del doctor Pereda surtió efecto después de unos minutos. Gracia comenzó a agitarse con fuerza porque ver cómo su cuerpo se transformaba en manos del médico, la viveza con la que era golpeado su interior, obró en ella como un bálsamo para el abandono hasta que sus carnes dejaron de pertenecerle. Él percibió el cambio de actitud y usó manos y dedos; lengua y boca y dientes; la barba rasposa y la punta del pie; un par de instrumentos médicos y la calidez de su aliento. La plancha de auscultación estuvo a punto de caer, se estremecieron las paredes y una oleada de gemidos llenó la habitación, la antesala y los pasillos cercanos al consultorio. Después, todo fue un silencio largo, tal vez interrumpido por una respiración agitada, por un corazón retumbando con fuerza o por la bocina lejana de un conductor neurótico.

Fue entonces cuando Gracia perdió la esperanza. Algo similar a la tristeza se apoderó de ella con los besos de Pereda, con la unión de sus cuerpos. Él estaba recostado en el suelo, todavía desnudo, dormitando dentro de una belleza que, de alguna manera, la decepcionó. Ese sentimiento no tenía que ver con el disfrute, era ajeno al placer, al río de sus sensaciones. Miró el cuerpo del médico con detenimiento y se sintió despertar de un letargo anestésico. Él estiró una mano para tocarla. Su rostro irradiaba algo semejante a la felicidad, pero ella frunció el entrecejo: lo que había estado buscando no estaba ahí.

Lo dejó a medio vestir, sentado en su sillón giratorio, con la mirada fija en el desastre que era esa habitación revuelta, gimoteando. Cuando trató de explicarle a Pereda sus sentimientos y quiso despedirse de él, se apoderó nuevamente del médico un llanto infantil, una catarata lacrimosa cuyo sonido la persiguió hasta que llegó a su casa, se metió en la cama y se cubrió con el edredón. A pesar del goce que palpitaba en el centro de su cuerpo, irradiando un delicado hormigueo a sus extremidades, no estaba satisfecha.

El doctor la llamó algunas veces después de ese encuentro, pero ella no tomó las llamadas y él no hizo más esfuerzos por contactarla. Sencillamente se fue. Gracia no supo de él más que por chismes y palabrerías, porque los rumores que circularon sobre su vida fueron variados y extensos por un tiempo, sobre todo en el club.

* * *

Gracia nunca llegó a entender la intrincada red que complicó sus sentimientos hacia Andrés Pereda y se perdió durante un tiempo en la solitaria búsqueda de una explicación última que resolviera dudas, fortaleciera convicciones y le arrancara del pecho la sensación de angustia que la invadía. Cuando Enriqueta Juárez le contó la historia de Amalia y Pereda, su confusión fue mayor no sólo por el atropellado discurso con que le fue narrada, sino porque ella y Andrés —el descubrimiento la sorprendió, a pesar de su obviedad— no habían intercambiado más que fórmulas educadas, convencionales, pláticas de consultorio, algunos saludos y una despedida. Ciertamente habían charlado de muchas cosas, se habían sentido a gusto en la plática, pero el tema de la salud dominaba el panorama de su charla. Sin embargo, no habían podido contener sus impulsos, como si les pertenecieran a otros. Durante meses la abrumó su propia, caprichosa, concepción del amor.

    Perdió contacto con el mínimo círculo al que había pertenecido por un tiempo fugaz. Con el tiempo, llegó a sentir pena por no saber más de Andrés. Le habría gustado imaginarlo en un escenario real, posible. Se enteró —porque en el club todo mundo habló del asunto: muchas pacientes quedaron desamparadas— que había renunciado a la medicina. En la cafetería, en conversaciones de sobremesa, Gracia escuchó que se dedicaba a trabajar el barro en un país del norte, donde los trabajos artísticos eran muy bien pagados. También escuchó decir que se dedicaba al teñido de ropa o que trabajaba en un consorcio y se había convertido en un empresario exitoso. Ella unía, en su fantasía, todos los comentarios; absorbía incluso las insinuaciones veladas, reconstruía la vida de Pereda a su gusto, condimentándola un poquito aquí y otro poquito allá, para darle peso a su propio pasado. El resultado era una mezcla colorida e imposible: Andrés Pereda, siempre de bata blanca y tras un escritorio, las manos arcillosas, vivía a orillas de un lago en una casa inundada por ollas de barro y desde ahí despachaba clientes notables. Tenía una esposa sin rostro.

    Junto con la amistad de la señora Juárez, perdió la oportunidad de ver a la señora Calderón. Beatriz no le gustaba demasiado, pero tampoco le desagradaba. Le daba un poco de lástima. Le parecía una mujer hermosa y solitaria. Según se enteró después, Beatriz Calderón y su familia habían decidido irse a la provincia, a un sitio junto al mar. Gracia tenía identificados (y clasificados) a los hijos de la señora Calderón, un par de muchachos altos y delgados, con los ojos almendrados de su madre y el pelo revuelto por los rizos; muchachitos que estaban a punto de entrar a una edad francamente deseable. Beatriz también tenía un marido al que Gracia nunca pudo ver con claridad. Alguna vez se lo señalaron, cuando ella luchaba contra su voluntad para dejar los baños de vapor; por entonces le pareció guapísimo, un hombre del que podría haberse enamorado —según pensó después— si no hubiera sido casado, si no hubiera existido Andrés Pereda y, sobre todo, si ese hombre hubiera reparado en su voluminosa presencia.

Durante un tiempo, Gracia se resistió a las consultas médicas, pero tuvo una infección intestinal que la obligó a concertar una cita. Una iluminación la llevó a tomar una ruta feliz: se atendería con la doctora Zamorano, una chica joven y agradable que la veía con ojos profesionales y divertidos. Le contagió a su paciente el buen humor y las ganas de estar sana y la trató durante años.

A pesar de haberlo pensado como una posibilidad, no renunció al club. No dejó de ir más que unos días en los que sospechaba que sería la comidilla de la gente. La idea de que todos estuvieran hablando de ella resultó al final un aliciente que la empujó a sentarse junto a señoras que cuchicheaban, que aseguraban tener la verdad acerca "del asunto", que añadían detalles de insondable sordidez a la historia. Supo que nadie la relacionaba directamente con lo ocurrido a Andrés Pereda. Se habló en un principio de todo lo que el médico había hecho —porque, aseguraba la gente, era un depravado sexual, un traficante de mercancías prohibidas, un charlatán—, pero poco a poco su atractiva figura se fue diluyendo hasta convertirse en un prodigio fantasmal, una personalidad legendaria que, con el paso del tiempo, dejó de parecer posible.

También se habló del señor Calderón. Una mujer, la señora Indurain, abogó por él en una airada discusión, bajo la mirada vigilante de unas masajistas, en los cálidos y humeantes cuarteles de masaje de los baños. Ella y su marido sabían que todo lo que se decía de Calderón eran invenciones necias, injurias presentadas por Enriqueta Juárez, dijo un día la señora Indurain mientras la masajista aporreaba sus glúteos y sobaba un poco bajo las axilas, distribuyendo ese enojo por todo el cuerpo, a conciencia. Gracia, acostada en otra plancha, recibiendo un masaje que se perdía suavemente en sus carnes, escuchó como desde lejos la defensa feroz que rescataba a Calderón de las garras de la maledicencia. Eran puras mentiras, dijo, para desvirtuar a un hombre decente que se había ido para darles a sus hijos mejores aires que respirar. Concluyó justo cuando un par de manos apretó su espalda con fuerza y un suspiro salió expelido con violencia por su boca. Gracia, aún con las manos de otra masajista perdidas entre sus muslos, le creyó.

A los que no se les perdonó nada de lo que hicieron o dijeron fue precisamente a los señores Juárez. La gente se arrepentía abiertamente de haberse relacionado con ellos y culpaban al señor Juárez de haber hecho cosas indebidas en el Consejo del club; malos manejos del dinero, dijeron todos, aunque nada se pudo probar. Incluso se mencionó que había incitado a un numeroso grupo de jóvenes a efectuar espionaje, a violar la privacidad de los baños de mujeres. Gracia sonrió con la idea. No se imaginaba a nadie capaz de espiar en los baños del club y hacer de ello una actividad cotidiana, ni creía posible que un grupo numeroso de gente pudiera entregarse a ello sin que fuera una noticia conocida. Le parecía poco probable que los retorcidos cotilleos en la sala de masajes, en el vapor, o a través de las endebles paredes que separaban los retretes, tuvieran algo de verdad. Le parecía un asunto digno de los periódicos alarmistas que se distribuían por las esquinas cada mediodía. Algo que se habrían tomado en serio las autoridades locales.

A pesar de su hartazgo, de despepitar cuando podía y de atormentar a su entrenador físico con quejas o gemidos o una letanía interminable de juramentos y maldiciones —porque Gracia había descubierto el placer de la coprolalia y otras formas dichosas de desahogo, y cada flexión hacía surgir a borbotones un chorro de insultos que la relajaba—, siguió ejercitándose. Su doctora no le impidió ir al vapor y no la cansó con dietas inútiles. Un poco a hurtadillas, un poco valiéndose de su capacidad para volverse invisible cuando así lo deseaba —de forma inverosímil, invisible a pesar de su volumen, una pared con orejas— y otro poco gracias al influjo favorable del dinero, pudo escuchar las pláticas de sobremesa, la conversación fatal en los casilleros, la solemne decisión de castigar a unos cuantos —que caía pesadamente sobre hombros que terminaban por dimitir, por abandonar el club y sus primorosas áreas verdes— por algo que parecía (o podía ser o se sospechaba) imperdonable. Se enteró de chismes, deseos y fantasías. Prefirió su aislamiento de capullo gigante a la frágil integración que se le prometía. Y puso una barrera tan infranqueable entre ella y la alcurnia de los baños, como su cuerpo cuando bloqueaba una puerta.

No sintió, a pesar de todo, que el club fuera un terreno árido o prohibido. Lo exploró sin inhibiciones. Su cuerpo se convirtió en un globo de gas, errático, que parecía hincharse y desinflarse a un ritmo fuera de su control. La disminución en el volumen no era fortuita, obedecía a la férrea voluntad de la simpática doctora que toleraba las ausencias de Gracia y el incumplimiento de su régimen para después dirigirla, una vez más y con paso firme, rumbo a la salud. Pero su salud dejó de ser un asunto que le quitara el sueño a sus padres. El señor Peniche por fin podía dedicarse más libremente a la tarea de invertir su dinero con sabiduría; su hija había dejado de comportarse de manera inquietante y su sobrepeso le parecía ahora un síntoma del bienestar que ella parecía vivir, por el goce que irradiaba.

***

Cuando Gracia optaba por la visibilidad, se bamboleaba con gusto por todos lados y se sentía complacida —nalgas complacidas, pechos agradecidos, felices piernas monumentales— con las miradas que la seguían a donde quiera que fuese. Sus recorridos fueron en un principio silenciosos y melancólicos, producto de una depresión sin nombre, del confuso giro que los acontecimientos habían dado. Caminaba por los pasillos o por el solario pensativa, casi volátil, inmersa en el sonido del bombeo de su sangre; se sentaba luego en una banca al lado de los macizos de flores, soñando con los colores dispersos de la tarde o se dejaba llevar por las fantásticas creaciones de los vapores de agua en el baño.

En lugar de recorrer todo su cuerpo despaciosamente, a escondidas, con la idea vaga de un hombre sublimado en el agua, Gracia se decidió por tallarse a la vista de todas las mujeres, sin miedo y sin pudor. No se tocaba la entrepierna, es cierto. No sobaba sus pechos ni se penetraba más con la manguera, también es cierto. Pero había algo en la forma en que la esponja viajaba por su piel, en que la espuma de vainilla la tocaba, algo en sus dedos al tallar el pelo abundante, que hablaba claramente de una relación recuperada con su cuerpo. Las mujeres, turbadas, volteaban la vista hacia otro lado. Gracia no recibió jamás ni una queja, ni una protesta por ese ritual que la acompañaba a cualquier hora de la mañana.

Su vocación estaba decidida y no sintió reparos en ir al club según su antojo. Enriqueció sus actividades diarias gracias al descubrimiento de los trabajos en piel. La doctora Zamorano tenía una amiga que se dedicaba a la encuadernación en piel de viejas bibliotecas. Ahora Gracia tenía algo en qué invertir su dinero y algo que aprender: la piel parecía un terreno natural para sus intereses. Encuadernó sus noveletas, dedicó horas enteras a trabajar con un cuidado que antes sólo dedicaba a su cuerpo y sus lecturas y eligió un horario más holgado para visitar el club. Suponía, en parte, que ahí debía estar —*tendría que*, pensaba Gracia— el hombre perfecto para ella, un pececito a la espera de ser pescado o un fideo expectante en una sopa muy concurrida, un tesoro. Finalmente su especialidad era probar, masticar, hincar sus dientes sobre todo género de nutrientes; era consistente en hurgar entre pliegues superconcurridos y en encontrar joyas ocultas por el tiempo, el polvo o la carne. Si bien no desesperó al cabo de unos meses de infructuosos paseos por el solario y miradas golosas en la cafetería, tampoco llegó a sentirse satisfecha con los hombres que estaban a su alcance. Más bien sintió una sutil desgana parecida a la flojera que se siente cuando no hay sorpresas que descubrir dentro de un empaque conocido.

En circunstancias que después le parecieron borrosas, entabló amistad con algunos de los elásticos y bronceados profesores del club y dejó atrás para siempre el regusto melancólico de la soledad. Los amplios y solícitos brazos del maestro de tenis y la sonrisa pulida del profesor de esgrima envolvieron su corpulencia, tratando de conseguir una serie de favores a la que Gracia no supo corresponder en un principio, pero que ellos, con su trato y la entrenada intuición que les indicaba que había algo en esa chica que, lograron una retribución deliciosa a sus esfuerzos. En el atardecer o en las horas de la modorra matinal, en los pasillos poco concurridos, junto a las calderas de la alberca principal, posiblemente en el almacén, en el cuarto de herramientas, sucedieron más cosas de las que habrían podido narrar los autores de sus adoradas novelas. Hubo más esfuerzos y bufidos, más sonrisas y entregas, más olores y texturas de las que había imaginado. Estaba de lleno una vez más en el goce, ahora aderezado por la prohibición y el sobresalto de la aventura. Gracia entendió que a partir de ahí todo sería más fácil.

Pensó en darle una oportunidad a la alberca de cincuenta metros. Obligó a sus carnes a no traspasar los límites del traje de baño (consiguió uno apretado, de buena calidad, que la contenía sin demasiado esfuerzo) y tanteó con la punta de sus pies de uñas laqueadas la tibieza del agua durante días sin atreverse a más. Gracia descubrió la mirada —clavada en el lugar adecuado, justo cuando ella lo necesitaba— del maestro de natación, pero se hizo del rogar. Dedicó días enteros a colocar su cuerpo en las tumbonas y a permitir que sus lados se extendieran, devorados por los ojos perplejos de los bañistas y la sonrisa satisfecha de su profesor, siempre sin mojarse.

En un arranque de premeditada franqueza, le dijo al

maestro que prefería ensayar con él los movimientos natatorios fuera del agua: estirar los brazos y hacerlos girar en largas y falsas brazadas guiada por su fuerza de entrenador; sacudir rítmicamente las piernas (así había visto hacer a los nadadores del equipo) mientras él le detenía las caderas. Antes de decidirse por un movimiento más serio —una aproximación real, una zambullida— alimentó una relación fuera del agua con el moreno y corpulento profesor de natación. De pie, en el solario, donde cada vez con menor frecuencia cedía a las presiones de su entrenador físico, aprendió la magia de las apneas (que después le servirían para recibir bajo el agua gratas sorpresas), el ritmo preciso de los brazos, los movimientos de cabeza y el sabor salado, sonriente, de los besos de su profesor.

Así, un día, cuando sus dedos sabían de memoria la musculatura del maestro y ella tenía la certeza de querer hundirse en el plácido líquido de la alberca, Gracia subió al trampolín. Nadie estaba en el agua. Fuera, en las tumbonas, la crema y nata del club recibía, debidamente filtrados, los rayos solares. Había un tenue murmullo, pero el cielo estaba limpio, silencioso, perfecto.

Las miradas se clavaron en ella: en su monumental figura que se recortaba contra el fondo azul, en sus piernas venciendo el trampolín, en su pelo suelto y largo, sí; pero también se clavaron en sus pechos y en sus nalgas, en su sonrisa clara.

Caminó hacia la orilla, se asomó al precipicio líquido, aguamarina, que la esperaba. (Una mirada cómplice la saludaba con felicidad delirante.) Deslizó hacia abajo, suavemente, sus tirantes, dejó al descubierto la fantástica amplitud de su torso, su deslumbrante piel blanca.

Entonces se lanzó al vacío, ante la mirada estremecida

del club deportivo, ante el silencio pasmado y absoluto, y rompió la lisa superficie del agua como si rompiera un himen.

***

El señor Calderón recibía la brisa del mar. Era una mañana calurosa y brillante. Su nuevo club deportivo tenía vista a las suaves olas que morían antes de nacer, tranquilas, en la arena clara. Sin saber por qué, sintió una súbita tristeza. Se quitó los lentes oscuros y dejó a un lado el periódico que estaba leyendo. Miró en todas direcciones, esperando que el vientecillo pudiera darle la clave de su angustia, pero no encontró nada. La piscina —junto a él, también mirando al mar— permanecía pacífica, intocada.

Volvió a concentrarse en la lectura. Conforme leía notó el silencio. Algo pasaba o así lo creyó él, pero no levantó la vista, no se movió, trató de no respirar. Y entonces escuchó un ruido prodigioso, un chasquido imposible, como si las olas ausentes retumbaran dentro de la alberca. Unas gotas frescas reblandecieron las noticias de la capital y calmaron la frente sudorosa del señor Calderón. Un suspiro colectivo llenó el aire y reptó sobre las palmeras que ronroneaban suavemente, movidas por la brisa. Y el señor Calderón apretó el periódico y los dientes, fijó la vista en las letras húmedas, tensó el cuerpo entero, escuchó unas brazadas precisas en el agua y se mordió el labio inferior suplicándose, rogándose: "No voltees, no voltees: no vayas a voltear".

ÍNDICE

I 7
II 39
III 143

Vapor
se imprimió en los talleres de
Litográfica Ingramex, S.A. de C.V.
Centeno núm. 162
Colonia Granjas Esmeralda
México, D.F.

Impreso y hecho en México
Printed and made in Mexico

ISO 9000
CALIDAD CERTIFICADA
Certificado No. 02-2082